KRYMPLINGEN

Katarina Butovitsch

Krymplingen

Illustration: Katarina Butovitsch

Förlag: BoD – Books on Demand, Stockholm, Sverige
Tryck: BoD – Books on Demand, Norderstedt, Tyskland

ISBN: 978-91-8007-589-3

Kapitel 1

Det är bara hennes son som känner till min hemlighet, och han är för liten för att förstå att det är en hemlighet, för liten för att ens förstå vad en hemlighet är. Det var därför som jag lät honom se. Men även när han blir tillräckligt stor för att tala så kommer jag att ha ett överläge. För vem tror egentligen på ett barn?

Jag vill dela det med någon, även om dela förstås inte är rätt ord. Jag slänger bara åt honom en bit som jag kan avvara utan risk. Det är inget förtroende, det medger jag. Det enda jag litar på är hans oförmåga att kommunicera. Maskerad misstro är en bättre beskrivning, men inte misstro mot honom. Det är de andra jag inte litar på.

På något sätt är det min revansch att denna lilla pojke är den enda som vet, den enda som vet utan att egentligen veta. Han ser sanningen eftersom det är det enda han kan se. Ingenting är fördolt, förklätt eller förljuget ännu. Allt har bara en betydelse, det är vad det är, skrämmande och oförklarligt ibland kanske, men rent och oförfalskat ändå, och framför allt utan tolkningsmöjligheter eller uttolkare.

Kanske måste man vara ett barn för att förstå sanningen. Det är bara då som den går att uppfatta som obestridlig, lysande och enkel. Ju längre tiden går, desto mer tilltrasslat blir det. Sanningen, som först verkade fast och orubblig, förvandlas alltmer till en amöba. Snart lär man sig vad man egentligen ser, och hur man ska reagera på det. Till slut är ingenting riktigt sant, men ingenting är lögn heller, bara olika sätt att hantera verkligheten.

Sanningen är bara en version, och den behöver inte ens vara sann. Sanningen har dessutom en mängd förbehåll, som att endast det som flera är ense om räknas. Om man är den enda som hävdar en sak blir det automatiskt osant eftersom ingen annan håller med. Uppgifter från enstaka individer är inte trovärdiga. De andra kommer alltid att bestämma vad som är sanning, även om jag vet hur det gick till, även om jag fortfarande minns detaljerna, kanske inte lika tydligt längre, men lika påtagligt ändå.

Det vet den lille däremot ingenting om, och han har själv inte upplevt verkliga svek ännu. Kanske kommer han att slippa det, men det verkar inte troligt. Kanske kommer det i alla fall inte att påverka honom som det har påverkat mig. Han kommer nog att hitta sin plats och lyckas inrätta sig i deras verklighet. Kanske han till och med kommer att trivas där.

Jag ser honom krypa runt på golvet och ge ifrån sig en massa ljud. Han härmar omvärlden, söker andras välvilja. Det är helt naturligt, han måste få deras gillande, annars överlever han inte. Han är helt utlämnad till dem, beroende av att de ger honom det han behöver. På det sättet är vi lika. Kanske känner han igen det, vi befinner oss båda i samma situation. Han måste ha sett dem lyfta mig, mata mig. Jag är gammal och han är ett barn, men de behandlar oss båda på samma sätt.

Han försöker skapa kontakt med mig. Till en början stirrade han bara, prövande, för att försöka få ett grepp om vem jag är. Jag tittade tillbaka, och när hans mamma inte såg log jag mot honom. Långsamt kom han närmare och närmare. Till slut satte han sig alldeles under min stol och tittade upp på mig. Mamman var i ett annat rum så jag böjde mig ned och lade handen på det mjuka lilla huvudet. Han gav ifrån sig ett förtjust litet skrik, och jag kände hans puls genom den tunna huden. När jag hörde hennes steg närma sig drog jag snabbt tillbaka handen och lät den på nytt vila orörlig i knäet.

Hon vill inte vara här, säger hon, men kommer ändå tillbaka. Först trodde jag att hon kände att hon måste på grund av löftet till honom, men jag kan se att det är något mer. Vi har ett ofrånkomligt band till varandra. Vår relation har haft många sidor, men oavsett dess karaktär har den alltid fått sin näring ur motsättning.

Jag fortsätter att utmana henne när det är möjligt. Det är ingen enkel uppgift att vara provokatör när man inte ens kan resa sig ur stolen man sitter i, men jag gör vad jag kan. Jag retar henne på olika sätt för att se om hon ska ge upp och slutligen lämna mig, på samma sätt som hon svär att hon aldrig ska komma tillbaka när hon går härifrån. Jag vill se hur långt jag kan driva det innan hon till slut tar med sig sonen och försvinner, samtidigt som jag hoppas att det aldrig ska ske.

Tidigare var hon väldigt fåordig i min närhet, men när hon började komma hit pratade hon på om allt möjligt, väl medveten om att jag aldrig skulle svara. Det var som om min tystnad uppmuntrade henne eller gav henne mod att prata. Även om det gladde mig tror jag inte att avsikten enbart var kontakt, det var delvis någon form av maktspel, och det blev allt tydligare med tiden. Jag skulle höra hennes röst, hela tiden bli påmind om att hon kan uttrycka sig, medan jag sitter här, stum och orörlig, utan att kunna värja mig mot henne. Hon kan göra vad som helst utan att bli stoppad, säga vad som helst utan att bli avbruten eller motsagd.

Hon var så säker på sitt övertag att hon blev oförsiktig, och hennes fientliga inställning började mattas. Ibland var hon till och med försonlig, men varje gång hon sa eller gjorde något som kunde ha fått mig att kapitulera var jag tvungen att göra motstånd, trots att det ofrånkomligen skulle få återverkningar på mig själv.

Förra gången hon var här lyckades jag sätta krokben för henne. Hon är så övertygad om att jag inte kan röra mig att hon trodde att det var mattans fel när hon snubblade och slog ut en tand mot byrån. Hon skrek och skvätte blod och skrämde sonen så att han började gråta, men det berörde henne inte det minsta. Hon bara knuffade undan honom och skrek att han skulle vara tyst, medan hon ursinnigt slet i mattan. Nu skulle den jävla helvetes skitmattan bort.

Blodet rann längs hakan på henne när hon vildsint kämpande till slut fick ut den på balkongen och vräkte den över räcket. Den lille gallskrek vid det laget, vettskrämd av det han just hade bevittnat. Men hon reagerade inte, stod bara och glodde ned på mattan, märkligt lugn plötsligt, men illröd i ansiktet och tungt flåsande av ansträngningen.

Jag trodde att jag hade gått för långt då, att det skulle vara droppen för henne, men nu är hon här igen, med en glugg i överkäken som hon inte försummar att visa mig.

Det är mitt fel, kan jag fatta det? Om hon bara hade mer pengar så skulle hon kunna få en ny fin plasttand med en gång, men nu måste hon gå runt på det här sättet, och inte kunna öppna munnen bland folk.

Hon har lovat sin pappa att ta hand om mig. Hon påstår att hon inte kan svika det löftet hur hon än försöker. Det är som om jag till slut har övertagit hans roll, blivit honom, och hon kan inte bortse från det. Jag är fortfarande i maskopi med honom även efter döden.

Jag ler mot den lilla pojken. Han är glad igen, men tittar gång på gång mot sin mamma för att kontrollera om hon ska få ett nytt vredesutbrott. Hon går runt och dammar med en rosa trasa, men hennes försök till städning är bara en förevändning för att kunna besöka mig. Det är vi båda medvetna om. Hon har lugnat ned sig. Ilskan över den utslagna tanden har tillfälligt lagt sig. Hon till och med gnolar lite. Kanske är hon plötsligt så förnöjd eftersom hon har fått en idé till hur hon ska straffa mig, och det är det hon nu planerar i detalj. För attacken kommer förr eller senare, sådana är reglerna.

Den lille kryper runt på golvet. Han har slutat titta på sin mamma. Han inser kanske att ingenting kommer att hända nu, så han kan koncentrera sig helt på den lilla boll som han har plockat fram. Han daskar till den och den studsar in i sovrummet. Han tittar efter den och ger plötsligt ifrån sig ett triumferande tjut och kryper efter så fort han kan. De små händerna och knäna dunkar mot golvet när han sätter fart.

Jag är ensam med hans mamma. Jag vet att det bara är en tidsfråga till en ny kraftmätning.

Snart kommer tjuvnypet. Det gäller att ständigt vara beredd så att inte någon reflex som jag inte hade räknat med avslöjar mig. Det är min största farhåga. Men jag är inte rädd för henne, inte rädd för vad hon kan göra med mig, och när man har lämnat den oron bakom sig öppnar sig en ny värld. Jag nästan längtar efter att få veta vad som ska hända.

Vi har en lång historia av stridigheter och det har skapat ett beroende som ingen av oss verkar vilja avstå ifrån, även om det kostar på. Hon återkommer ständigt, trots den tidvis brutala behandlingen, och jag vill att hon ska återvända, att hon inte ska överge mig. Att ständigt straffa eller straffas påminner mig om livet, som fortfarande håller mig i ett hårt grepp fast jag försöker avstå från att delta.

Plötsligt känner jag henne smyga på mig bakifrån och de hårda fingrarna klämmer till runt nacken. Jag rycker till lite men lyckas hålla armarna stilla. Hon trycker så en lång stund utan att säga något tills det gör riktigt ont. Jag kan inte göra någonting. Det är nackdelen med att verka vara förlamad, men också fördelen. Hon tittar på mig, sökande, som om hon undrar om jag verkligen känner något. Mitt nollställda ansikte kan tydligen lura henne, och jag njuter av mitt övertag trots att det är jag som känner den intensiva smärtan och inte hon. Hon vet inte om hon kan skada mig, och hon kan inte fråga. Hon vill inte göra det heller, för det skulle verkligen visa hennes underläge; att tvingas fråga offret om det gör ont.

Jag ser gluggen efter den utslagna tanden och hennes tungspets som instinktivt letar sig in i håligheten. Hon blir plötsligt medveten om det och stänger bestämt munnen. Sedan släpper hon taget, men ger mig en hård knuff. Hon mumlar något ohörbart och vänder mig ryggen, hämtar sonen i rummet intill och trots hans ljudliga protester bär hon ut honom, ut från mitt hem utan att säga något mer.

När jag hör dörren slå igen ställer jag mig bredvid fönstret och kikar försiktigt ut för att se om hon ska vända sig om. Jag intalar mig att om hon gör det så kommer hon tillbaka, och jag lovar högt att då ska jag bekänna allt.

Pojken, som hon har i famnen, vinkar till mig. Jag höjer handen till en hälsning, men min kropp känns tung, tung av farhågan att hon har förstått, och att jag har mist mitt grepp om henne, mitt grepp som kanske aldrig var mitt utan Krymplingens.

Kapitel 2

Krymplingen hade något fel som gjorde att han såg förvriden ut, som ett träd hukande i ett vindpinat landskap, kuvat av de yttre omständigheterna. Han gick haltande, lutande, med tydlig svårighet, och ibland gav han ifrån sig obestämda ljud som alla antog berodde på smärta.

Han var känd i hela vårt lilla samhälle. Människor blir kända på en liten ort om de avviker, endera får de applåder eller hån, det är bara att acceptera.

Andra kämpar för att någon ska se dem, men förblir osynliga eftersom de inte vet hur man utmärker sig. En pojke, som gick i samma skola som jag, var liten, men inte tillräckligt liten för att bli känd för det och då hade litenheten inte längre något värde, den var i stället en belastning. När han upptäckte det började han hoppa i tid och otid, som om det skulle ta igen vad han saknade i höjd, men det räckte inte för att bli uppmärksammad, även om det var enerverande och inte helt kunde ignoreras. Alla såg direkt vad det var, ett tecken på desperation.

För Krymplingen var det tvärtom, han ville varken synas eller märkas. Hans kändisskap var fullständigt ofrivilligt. Han försökte göra sig mer oansenlig än han var för att inte bli upptäckt, men det misslyckades fullständigt för alla andra höll hela tiden utkik efter honom.

Krymplingen var i högsta grad en oviktig figur, men om man är obetydlig så måste man leva så, inte gå runt och vara uppseendeväckande, även om det beror på ett utseende som man inte kan göra någonting åt. Det var som om han hade brutit en överenskommelse. Vi andra var helt enkelt tvungna att straffa honom för att han inte höll sig där, i skuggorna, långt från allas blickar. Det var därför som vi paradoxalt nog måste ge honom en överdos av uppmärksamhet, för att lära honom hans plats. Det var därför som vi ständigt måste visa honom att han inte var som vi andra, att han inte var normal, trots att det var helt överflödigt.

Krymplingen gick aldrig i samma skola som jag vilket innebar att han var minst sex år äldre. Hans ansikte, i den mån man någonsin bekymrade sig om att lägga märke till det, avslöjade inte heller något om hans ålder. Han var vuxen när vi var tonåringar, men mycket yngre än våra föräldrar. Det var svårt att säga hur gammal han var, han verkade på något sätt alltid ha funnits.

Det cirkulerade ständigt en mängd historier om honom, att han var deformerad eftersom hans föräldrar hade bankat skiten ur honom när han var liten. Enligt en annan var han vanställd från födseln och föräldrarna hade övergett honom när de såg vilket missfoster han var. Var hans mor och far befann sig verkade ingen veta. Han hade växt upp utan dem med hjälp av släktingar och medlidsamma personer, men det var svårt att föreställa sig vilka som hade hjälpt Krymplingen för under hela min uppväxt hånades han av de flesta, och de andra lät det ske utan invändningar. Alla hade sin egen uppfattning om honom och hans bakgrund, mer eller mindre diffus, jag också, även om jag inte delade det intensiva intresse som en del verkade hysa för honom. Jag var i alla fall övertygad om en sak och det var att han hade blivit straffad för något, annars skulle han inte se ut som han gjorde, så orättvist kunde det inte vara.

Jag och mina tjejkompisar gick ofta ut och dansade på helgerna, och trots glåpord och tjuvnyp var Krymplingen alltid där. Ingen förstod varför, men tog det ändå för givet. Och möjligen var det samma sak för honom, han hade kanske blivit så van vid hur han tilltalades att han hade börjat betrakta det som normalt. Grabbarna sökte konfrontation, men vi flickor undvek honom nogsamt. Det gick historier om att han inte kunde sköta sin hygien och luktade illa, att hans kläder var stela av intorkad urin. Andra sa att han hade vårtor över hela kroppen, att han var spetälsk och att man själv kunde bli smittad om man råkade nudda vid honom eller vara i närheten när han nös eller hostade eller bara hade oturen att andas in samma luft som han hade andats ut. Då skulle man själv långsamt förvridas på samma fasansfulla sätt.

Trots att det mesta folk sa om Krymplingen var fullständigt nonsens för vilken vettig människa som helst så var det ingen som avfärdade historierna eller försökte stoppa dem. De vuxna gjorde ingenting. Papporna sa att det bara var skämt, och om han inte tålde det fick han skylla sig själv. Det är naturens lag, de svaga går under. Mammorna, tyngda av oket från tidigare generationer av kvinnor att upprätthålla den humanitära sidan, försökte å sin sida påpeka att Krymplingen inte alls var farlig eller smittsam bara annorlunda, och man fick inte vara dum mot någon för att den var annorlunda. Men de försökte aldrig dölja att de rös när de såg honom. Och samtidigt som de förmanade oss, berättade de för varandra hur lättade de var att deras egna barn inte var som han.

Föräldrarna hade säkert också vidarebefordrat de otaliga historierna om honom, exempelvis att han rövade bort små barn, låste in dem i sin källare och gjorde fruktansvärda saker med dem. Och skvallret ville liksom inte dö, så fort ett rykte om honom började ebba ut spred sig snart ett nytt. Man förstod aldrig var historierna kom ifrån, men med ett helt samhälle av människor som var fullständigt besatta av en enda person, kunde källorna ha varit många.

Trots den brokiga floran av historier fanns inga vittnesuppgifter, ingen verkade någonsin ha haft närkontakt med Krymplingen, men det spelade ingen roll. Historierna fick sitt bränsle från föreställningar om vad som borde vara sant, vad som borde ha hänt.

Vi tjejer brydde oss i regel inte om Krymplingen, möjligen kunde vi fnissa åt honom på avstånd, för vi höll ett rejält avstånd till honom ifall någon av de osannolika historierna trots allt skulle vara sann. Ingen ville förvandlas till honom, inte så mycket för att man skulle bli kroppsligt deformerad som för den totala utfrysningen. Vi var unga och den sociala rangordningen betydde allt, även om vi kanske inte skulle ha uttryckt det så då.

En lördagskväll när en av flickorna hade fått tag på några flaskor rödvin började vi tala om Krymplingen och i takt med att vi blev allt kaxigare med svartkantade tänder och blossande kinder utvecklades scenariot att en av oss skulle dansa med honom under kvällen. En del var tveksamma och invändningarna lät inte vänta på sig. Någon kom försiktigt dragandes med de där gamla historierna om att Krymplingen faktiskt smittade. Men vi andra lyckades snabbt kväva motståndet. Var de rädda för honom, som barnungar? Det kunde de förstås inte tillstå, men oron lämnade inte deras ögon. För att lugna alla satte vi upp en gräns. Man behövde bara dansa med honom i en minut, sedan var man fri, men den som blev utvald var tvungen att göra det.

Madde skrev våra namn på varsin lapp, knölade ihop dem och lade dem i en skål. Sakta höjde hon armarna, som om hon var översteprästen i vår lilla sekt, och uttalade några dramatiska ord innan hon stack ned en hand i skålen och vispade runt en lång stund innan hon valde en lapp. När hon vecklade upp den drogs hennes ögon automatiskt mot mig så jag visste redan innan hon sa något att det var mitt namn hon hade där. Det var jag som skulle dansa med Krymplingen.

Min första reaktion var att vägra, trots att jag nyss hade varit en av de pådrivande. Jag sa att det hela var absurt, att vi väl ändå hade menat det som ett skämt. Men när de andra nu var utom fara var det ingen som hade något förbarmande. Jag hade accepterat spelets regler, det var bara att göra det, annars skulle det vara kört för mig. Kvällen var plötsligt förstörd, men alla de andra var upprymda. Nu skulle det äntligen hända något som de kunde prata om i veckor efteråt, månader kanske, slutligen en sann historia om Krymplingen, en händelse som de själva skulle bli vittnen till, inte groteska påhitt från en sjuk hjärna.

På dansstället kom Manne och de andra grabbarna som vanligt fram och hälsade oss med grymtanden och andra läten, orden hade de redan lämnat bakom sig. Det brukade leda till skratt och fnissande från oss flickor, för vi var alla medvetna om att det var början på ett otåligt växelspel, en parningslek som visade vem som skulle få vem. Men den här kvällen ignorerade vi dem bara. Det gjorde killarna förvirrade, så förvirrade att de inte verkade veta vad de skulle göra, och de drog sig därför undan mot baren.

Madde ledde sin flock resolut mot dansgolvet. Jag hade ett uppdrag och inga fulla idioter skulle få störa oss innan det var utfört. Jag försökte verka kaxig och nonchalant, men mina händer skakade av nervositet trots vinet tidigare på kvällen, och jag var så torr i munnen att jag knappt kunde prata. Vi satte oss ned vid ett bord. Tjejerna var spända men skrattade uppsluppet, de intalade mig att allt skulle gå bra, jag var perfekt för uppgiften.

"Helt enkelt perfekt", upprepade Madde.

Jag såg i hennes beslutsamma ögon att det inte gick att backa ur nu. Ändå sköt jag upp dansen så länge jag kunde, och skyllde på det ena efter det andra för att slippa. Ju senare det blev desto mer otåliga och hetsiga blev tjejerna. Jag kände deras förväntningar långsamt rinna ut och stelna i besvikelse och hån. De trodde inte att jag skulle våga, och jag hade själv nästan gett upp när det såg ut som om Krymplingen skulle gå, och jag kände Madde ge mig en omild knuff i ryggen.

Han hade rest sig och stod ostadigt en kort stund innan han återfick balansen. Jag smög fram till honom, och när jag stod vid sidan av honom upptäckte jag att han var betydligt längre än jag hade tänkt mig. Jag hade föreställt mig honom som i det närmaste ett litet barns storlek, men han var en vuxen man, sned och krokig, men trots det längre än jag själv. Han tittade på mig med trötta ögon, men sa ingenting. Jag visste inte heller vad jag skulle säga.

"Jag tänkte... om du ville dansa", fick jag till slut ur mig, osäker på om det skulle uppfattas som en fråga.

Han skakade på huvudet och sköt in stolen.

"Jo, kom igen nu."

Det var min röst, men det var inte jag som sa det, det kunde inte ha varit jag, det lät som en av grabbarna.

"Jag kan inte dansa. Du förstår säkert varför", sa han tyst men bestämt, och tog ett vinglande steg ifrån mig.

Jag kände mig desperat, visste inte vad jag skulle göra för att övertyga honom. Madde och de andra skulle inte acceptera några undanflykter. Jag hade aldrig föreställt mig att jag skulle behöva övertala honom att dansa med mig. Men han såg mig som det jag var, en elak tjej som ville göra honom till åtlöje.

"Bara några steg. Det går kanske bättre om du har någon att hålla i."

Han såg tvivlande ut. Sedan vände han sig mödosamt om. Där stod Madde och de andra och stirrade spänt.

"Är det de där tjejerna som har fått dig att fråga mig."

Jag rodnade.

"Nej, jag vill verkligen dansa med dig", sa jag.

Min röst lät gäll och osäker.

Han betraktade mig, avvaktande och misstroget, men just när jag var säker på att han skulle gå sa han:

"Bara några steg då."

Alla stirrade på oss när vi gick upp på dansgolvet. Det var mig veterligen första gången någon såg Krymplingen dansa. Det var alldeles tyst. Till och med discjockeyn kom av sig. Sedan började han spela en lugnare låt samtidigt som han sa något med hånfullt tonfall i mikrofonen, men jag ansträngde mig noga för att inte höra vad det var.

Krymplingen höll sina händer kring min midja. Jag hade väntat mig att han skulle dregla och flåsa, att hans händer skulle vara svettiga, att han skulle lukta illa, och att jag skulle bli tvungen att bryta mig loss och springa därifrån skrattande för att jag helt enkelt inte stod ut. Jag höll honom först stelt och på avstånd, men efter en stund slappnade jag av. Det var något med honom som lugnade mig, något nytt som jag inte kände igen. Jag hade varit på helspänn, för killarna som vi brukade träffa började alltid fumla efter ens bröst eller försökte få in fingrarna mellan benen på en så fort de fick komma nära, och de slutade inte förrän man mer eller mindre klappade till dem.

Krymplingen vaggade vingligt till musiken, men hans grepp om mig var fast och bestämt. Ändå var händerna lätta och stilla. Jag lutade mig närmare och närmare, jag lutade mig rakt in i honom, men jag gjorde det inte medvetet. Det var kroppen som hade fått smaka något annat än det vanliga fantasilösa famlandet.

Det var som om en främling hade kommit till byn, en man som ingen kände, som ingen visste något om. Det hade visserligen berättats skrämmande historier om honom så att han hade blivit en närmast mytisk person. Hans närvaro oroade alla, men samtidigt drogs de till honom. Den mannen dansade med mig nu.

Jag gungade med, knyckigt och i otakt med musiken, men allt annat var i harmoni. Det irriterade mig eftersom jag egentligen inte ville ha någonting med Krymplingen att göra. Jag ville lämna honom på dansgolvet så att alla kunde skratta åt honom. Jag ville att allt skulle återgå till det som varit för bara några minuter sedan. Jag ville förbli den jag var, men det var redan för sent. Jag kunde inte släppa honom. Jag hörde kvävda ljud från honom, förmodligen var jag för hårdhänt, men han höll mig ändå kvar. Hans händer flyttade sig och slöt sig om mig i mer av en omfamning än det första, stela greppet.

Jag kände mig yr och lite illamående, inte av beröringen i sig eller av dansen som var i det närmaste stillastående, utan av någon sorts insikt som sänkte sig över mig. Verkligheten var plötsligt så tydlig, så överdrivet tydlig att det gränsade till det groteska, och jag såg allt, enformigheten, upprepningen, färglösheten, den utstakade väg jag hade börjat följa, allt det som jag inte trodde att jag kunde undslippa och därför hade accepterat som självklart, eftersträvansvärt till och med. Nu ville jag bara trampa sönder det.

Samtidigt visste jag att det var omöjligt. Efter dansen skulle tjejerna fråga hur det kändes, om det var äckligt, om han luktade, om jag var rädd. Och rädd var jag, räddare än jag dittills hade varit i mitt liv, men inte för honom. Och visst luktade han, han luktade något helt främmande, inte svett och sprit och brunst och gubbigt rakvatten utan friskt och saftigt, som någon sorts ovanlig frukt. Jag pressade mina läppar mot hans hals. Men då ryckte han till som om jag hade bitit honom och tryckte mig ifrån sig. Han tittade på mig avvaktande, misstänksamt.

Jag var förvirrad, hade trots allt inte räknat med att han inte skulle vara som alla de andra, att han inte skulle låta mig komma närmare. Jag tittade på honom skrämt och ursinnigt, men han mjuknade inte. Jag rodnade så att det brände ända nere på halsen.

Finns det ett värre nederlag än att bli avvisad av den som ingen annan vill ha? Jag ville slå honom, men han höll hårt i mina armar. Han tänkte inte göras till åtlöje.

När han till slut släppte mig rusade jag ned från dansgolvet. Tjejerna kom emot mig, först jublande, beundrande. Jag var kvällens hjältinna, jag hade gjort det som ingen annan vågade. Sedan såg de tårarna som jag inte längre kunde hålla tillbaka. De blev bekymrade, frågade. Vad hade han sagt? Vad hade han gjort? De stod runt mig som en skyddande mur, de blockerade mitt synfält, jag kunde bara se dem. Och vad skulle jag säga? Att jag ville kyssa honom, men att han inte lät mig? Att han inte luktade illa, inte var äcklig, kladdig, svettig, smutsig, snuskig. Skulle jag säga det? Skulle jag försöka övertyga dem om att den där dansen med Krymplingen hade vänt upp och ned på allt?

Jag sa att han hade tafsat på mig och viskat en massa äckliga saker till mig under dansen, om vad han ville göra med mig. Tjejernas leenden försvann. Madde gick raskt fram till killarna, som hopsjunkna och osäkra stod längs väggen och följde uppståndelsen. När hon pratade med dem blev deras ryggar rakare och deras blickar klarare, de hade återfått sina roller och de hade en uppgift nu. De började sitt avtåg under högljudda rop. Nu skulle de spöa Krymplingen. Äntligen fanns det ett skäl.

Jag ville gå därifrån, men tjejerna höll mig kvar. Jag måste vänta tills jag visste att jag var hämnad och hade fått detaljerna om det. Jag övertalade dem att vi i alla fall skulle gå ut och vänta. Jag kunde inte andas där inne.

Vid garderoben kom en dreglande individ fram och frågade hur det hade varit, hur han hade varit. Jag ville inte svara, och hann inte heller göra det innan Madde förklarade att han hade äcklat sig under hela dansen och sagt att han ville knulla mig i röven. Jag kände plötsligt ett akut illamående som jag inte kunde stoppa, jag hann inte ens vända mig bort, jag lutade mig bara framåt och lät det komma. De andra hoppade åt sidan under svordomar och förskräckta tjut, men sedan tystnade de och tittade skuldmedvetet på varandra. Med tanke på omständigheterna var det ingen som kunde klandra mig. Pölen på golvet var mörkröd av vinet, men det kunde lika gärna ha varit av blod. Insidan kändes sönderriven. Jag tyckte till och med att jag kände den distinkta smaken av järn genom den sura gallan.

Vi hade väntat kanske en halvtimme utomhus när de kom tillbaka, killarna, anförda av Manne. Han gick direkt fram till mig och sa att nu var det gjort. Han log på ett uppfordrande sätt, som om han väntade sig någon form av belöning. Jag tittade sammanbitet på honom och försökte trycka undan illamåendet som sköljde över mig igen.

"Är du inte glad?"

Rösten var sprucken. Han var redan rädd, rädd att han hade gjort fel eller inte tillräckligt, att han inte var man nog. Jag lät honom lägga armen om mina stela axlar, men sa fortfarande ingenting. Madde frågade ivrigt hur det hade gått, vad som hade hänt. Då började de skrodera förstås om hur de hade slagit och sparkat honom tills han bad för sitt liv, så rädd var han. För att slippa höra resten lät jag Manne dra mig med runt hörnet, in i rabatten där jag stått många gånger förut och hånglat och runkat av killar. Jag hade aldrig tvekat att göra det tidigare, det ingick liksom i spelet, i livet. Det var något man måste göra även om det inte var så kul alla gånger. Det var något som förväntades av en.

Manne tryckte sig mot mig, hans händer började vandra över min kropp. Han flåsviskade i mitt öra att han blivit så kåt av att spöa den äckliga, jävla Krymplingen att han höll på att spricka.

"Sug av mig", bönade han med grumlig röst.

Han försökte trycka ned mig mot marken. När han började knäppa upp gylfen rev jag honom över ansiktet som ett vilddjur. Han skrek till och försökte slå mig, men jag vred mig undan och körde upp knäet i skrevet på honom. Han föll tungt till marken med ett stönande.

På väg tillbaka mötte jag några av de andra killarna.

"Va fan har du gjort", skrek en av dem efter mig när de fick se Manne ligga och vrida sig i rabatten.

Jag vände mig om och tittade på dem, tittade på deras plufsiga anletsdrag. Det hade aldrig förut slagit mig hur otroligt fula de här grabbarna var. Deras förvuxna armar och ben, deras oproportionerliga ansikten, grova och motbjudande. De stod

där, viftade och gormade, säkert var det mig de för-
sökte säga något till, men jag orkade inte lyssna.
Manne höll sig inte om pungen längre. Han låg med
armar och ben utsträckta och krälade i leran utan
att kunna ta sig upp. Han var tydligen för korkad
för att sätta händerna i marken och lyfta arslet, i
stället grävde han sig bara djupare ned.

När jag kom till andra sidan av huset hade tje-
jerna redan gått. Det var ingen kvar, bara några
enstaka skrålande fyllon som tog ett ärevarv runt
torget.

Jag kände mig frusen och obarmhärtigt nykter,
men framför allt tom. Kvällens stora händelse, att
jag hade dansat med Krymplingen, hade helt ham-
nat i skuggan av att grabbarna klått upp honom.
Dansen var nu reducerad till någon sorts diskret
förspel inför den bombastiska avslutningen. Att ha
dansat med Krymplingen verkade till och med av-
lägset för mig, avlägset och befläckat. Det var som
med allt annat man sa om honom, ingen var säker
på om det faktiskt hade hänt. Och om det hade
hänt, var det då verkligen jag som hade dansat
med honom? Det verkade mer och mer som någon
av de historier jag hört om honom genom åren. Det
var bara ett påhitt, någon annans fantasi som
Krymplingen fått huvudrollen i.

Jag tyckte att jag var på väg hem, men upp-
täckte efter en stund att jag i stället hade gått mot
den del av samhället där Krymplingen bodde. Var
hans bostad låg var förstås allmänt känt. Jag inta-

lade mig att jag bara ville veta att de inte hade dödat honom, annars spelade det ingen roll vad som hade hänt, men jag mådde illa igen och var tvungen att kräkas mot en husknut. När jag, fortfarande lutad mot väggen, torkade av munnen med baksidan av handen kände jag mig renad och fri. Det var som om hela den fasansfulla kvällen lämnade mig, och för varje gång min mage vände sig ut och in blev jag på något sätt mer rättfärdig.

Krymplingen bodde avsides som för att ytterligare markera att han inte var en del av gemenskapen, och att han dessutom visste sin plats. Det lyste i ett fönster och det uppmuntrade mig, men jag väntade ändå en lång stund i skuggorna innan jag vågade mig in i den lilla trädgården. Trots allt spott och spe som alla utsatte honom för fanns ändå någon sorts respekt kvar. Steg för steg närmade jag mig huset, tvekande fortfarande, jag hade ingen rätt att vara där, jag var en inkräktare.

Jag hade trott att man skulle kunna titta in om man stod utanför, men fönstret satt för högt upp. Jag ställde mig därunder och började viskande be honom att öppna. Jag ville inte väcka uppmärksamhet, ville inte att någon annan skulle höra att jag smög runt i Krymplingens trädgård mitt i natten. När ingenting hände upprepade jag högre och högre att han måste öppna, att jag ville se hur det var med honom.

Till slut kom han fram till fönstret. Ansiktet var svullet och blåslaget, och den högra handen var täckt med ett blodigt bandage, men det var inte det som berörde mig mest, det var blicken han gav mig. Han såg på mig med flammande ögon och jag kände en fysisk smärta i mellangärdet, så skarp och kraftig att jag tappade andan och föll på knä framför honom.

Han stod i fönstret och såg ned på mig, stelt och sammanbitet, och jag ville bara gömma mig, men det gick inte att fly från hans mörka blick. Borta var den hunsade, utstötta Krymplingen. Visserligen var han fortfarande sned, men han var någon annan, någon som visste sitt värde. Han behöll mig i sitt grepp en stund innan han grimaserande lyfte vänsterarmen och drog för gardinerna.

Då fick jag plötsligt tillbaka rörelseförmågan. Jag sprang fram till dörren och började knacka. Om han bara öppnade skulle han förlåta mig, det var jag säker på. Han skulle släppa in mig och låta mig få vila hos honom. Jag skulle gottgöra honom för allt det som de andra hade gjort, jag skulle få honom att må så bra.

Efter en stund upptäckte jag att det inte bara var tankar. Jag satt hopkurad utanför Krymplingens dörr och talade högt och tydligt. Jag hade slutat knacka, fortsatte i stället att upprepa allt, högre och högre.

Det var min bikt, min bekännelse, min bön om absolution. Jag ville bara känna honom så där nära mig igen. Mina löften blev alltmer omfattande, jag sa att jag skulle göra vad som helst bara han

31

lät mig komma in. Till slut skrek jag det rakt ut så att alla kunde höra.

Kapitel 3

Jag har fönster i alla fyra väderstrecken. När man som jag är bunden vid sin plats, eller i alla fall vill ge det intrycket, är det värdefullt med utsikt. Hemtjänstpersonalen känner ett ansvar för att ge mig lite omväxling, och eftersom de inte har möjlighet att stanna och hålla mig sällskap brukar de varje dag flytta mig till ett annat fönster än dagen innan. Men de påpekar ständigt att det måste bli väldigt enformigt att bara sitta och titta ut hela dagarna. Det kan väl knappast hända särskilt mycket i ett litet villaområde.

De inser inte vad som försiggår där ute. De har aldrig kastat mer än en blick ut genom fönstret och då verkar det kanske fridfullt och händelselöst, men tittar man en längre stund visar alla sitt rätta ansikte. De scener som utspelar sig där utanför är så skrämmande och märkliga att jag ibland önskar att jag inte hade några fönster, men jag är ändå så fascinerad att jag inte kan sluta titta.

I söder har jag utsikt över två familjer som bor på varsin sida om gatan. Männen brukar ofta arbeta i trädgården, med tunga, rejäla redskap. Kvinnorna syns mer sällan, de tillbringar större delen av dagen inomhus. Jag vet att familjerna känner varandra väl. Jag har tidigare sett dem vinka och ropa till varandra när de ses utomhus.

Men en dag stod männen och grävde i varsin jordhög, nästan som spegelbilder, och de gjorde inte en min av att känna varandra. Trots att den enes arbete måste vara helt uppenbart för den andre var det först efter en lång stunds skyfflande som de verkade upptäcka varandra. Då slutade de båda två som på kommando och höjde försiktigt var sin hand till en hälsning. Sedan stod de helt orörliga tills den ene ställde ifrån sig spaden och gick tvärs över gatan till sin granne.

De verkade presentera sig för första gången, skakade hand mycket formellt, och inledde därefter ett försiktigt samtal, om vad kunde jag inte avgöra eftersom fönstret var stängt och jag inte ville störa dem genom att öppna det eller på något sätt bli indragen i deras samtal.

Mannens fru från andra sidan gatan närmade sig plötsligt. Hon torkade händerna på förklädet medan hon gick. Strax därefter kom den andre mannens fru ut ur sitt hus. Alla skakade hand med varandra och stämningen blev alltmer uppsluppen. Männen skrattade högljutt, kvinnorna mer diskret.

Så gick den ena kvinnan in i huset igen och kom ut med en kaka och en kniv och skar upp bitar som hon bjöd de andra på. Alla åt och nickade uppskattande. De fortsatte prata, och efter en stund tog kvinnan upp kniven igen, men i stället för att skära upp fler kakbitar stack hon den plötsligt i magen på mannen från andra sidan gatan, ända in till skaftet. Han föll till marken, dubbelvikt, medan hans fru skrek skräckslaget. Hon vände sig till grannparet och verkade vädja till dem att hjälpa hennes man, men de bara tittade på henne. Mannen höll sin arm beskyddande runt sin hustrus axlar. Sedan gick de in i huset. Kvinnan, vars man hade blivit knivskuren, föll på knä vid sidan av sin make och gav ifrån sig ett dovt men genomträngande, utdraget läte. Sedan reste hon sig knyckigt och började kasta resterna av den olycksaliga kakan mot grannarnas hus och de träffade dörren med skarpa smällar som hördes ända upp till mig. Några av smulorna verkade till och med slå upp ett hål i dörren. Sedan sjönk hon ned på knä igen, skakande av gråt.

Grannarnas uppträde var så ohyggligt att jag var tvungen att gå in i ett rum utan fönster efter det.

Jag gick inte tillbaka till min stol förrän jag hörde hemtjänstens bil utanför. Ordningen var vid det laget återställd vid grannhuset. Den knivskurne var borta liksom hans fru. Hålet i dörren verkade lagat. Mannen krattade trädgårdsgången utanför huset. Kvinnan ropade från köksfönstret att middagen var färdig.

Ett par dagar senare placerades jag vid söderfönstret igen eftersom det var molnigt, annars blir det för varmt att sitta där en hel dag. När jag tittade ned på grannarna blev jag trots allt lite förvånad över att se den knivskurne så snabbt på fötter. Han stod återigen i sin trädgård, men han hade bytt spaden mot ett spett. Han höll på att röja bort stora stenar. Grannen var också på plats. De ropade hurtfriskt till varandra. Jag hörde bara några stavelser, men det verkade inte finnas något fientligt budskap. De fortsatte jobba och prata med varandra. Så började den ene skratta. Den andre drogs med. Den ene skrattade så mycket att han slog sig på knäna. Det såg överdrivet ut, tillgjort. Just som jag tänkte att det här kan aldrig vara ärligt menat, tog han upp en stor sten och kastade mot sin granne. Den träffade huvudet och grannen säckade ihop på marken.

Den slagne mannens hustru måste ha sett vad som hände genom fönstret för hon kom ut skrikande och försökte släpa in sin man i huset innan det kom en ny attack, men hon hann inte. Mannen på andra sidan gatan hade fått hjälp av sin fru och tillsammans kastade de sten efter sten. Kvinnan träffades i ryggen och kved till men fortsatte ändå att baxa sin man mot huset. Hon skrek förtvivlat till barnen som stod villrådiga i dörröppningen att de skulle gömma sig så att grannarna inte fick tag på dem, men de stod bara kvar och tittade förhäxat på henne. Ännu en sten prickade henne, denna gång i huvudet, men det måste ha varit en dålig träff för hon föll inte, men hon släppte sin man. Han låg kvar i stenregnet medan hon sprang mot barnen.

Plötsligt började grannfamiljens mobiler att ringa, alla på en gång, och det utbröt förvirring på andra sidan gatan. Kvinnan förenades med sina barn i dörröppningen innan de kastade sig in i huset. Mannens kropp låg kvar i trädgården hela dagen. Även när jag vaknade mitt i natten och tittade ut genom fönstret låg den där.

Nästa dag stod de åter i varsin trädgård, båda upptagna med att skyffla jord till trädgårdslandet. Som vanligt rådde till en början en munter stämning mellan de två männen. De verkade diskutera potatisodling, i alla fall nämndes ordet potatis, hörde jag. Den ene, som dagen innan hade blivit stenad, bjöd in den andre att titta på något, han vinkade åt honom att komma in genom grinden. Den andre tog leende med sig sin spade och gick över.

De stod och pratade lugnt och sansat när den ene plötsligt måttade ett slag mot den andre med spaden, men den andre parerade det och fick den förste ur balans.

Sedan fortsatte spadfäktningen, de fick in några rejäla smällar på varandra, men ingen verkade bekommas av det. Deras familjer samlades runt omkring och skrek, hejade på sina egna och hånade de andra. Till slut fick den ene in en perfekt träff mot den andres huvud och slog upp ett stort sår. Den andre föll men släppte inte spaden som träffade hans granne på knäet. Båda männen låg på marken och visade inga tecken på att resa sig. De andra familjemedlemmarna började då skrika och anklaga varandra. Men det fanns ingenting kaotiskt över scenen, allt föreföll väldigt välorganiserat och symmetriskt. De stod två och två och skällde på varandra.

Jag började ledsna på de eviga striderna, och om jag hade kunnat bestämma skulle jag ha låtit en blixt från ovan förgöra dem och låta deras hus intas av invalidiserade som inte kan gå ut utan bara sitter vid fönstren och tittar som jag. Vi hade kunnat signalera till varandra.

När flickan från hemtjänsten kom för att ge mig middag påpekade hon hur fridfullt det verkade vara i området där jag bor. Alla var så trevliga och hälsade så hjärtligt på henne när hon kom.

"De tycker synd om dig som sitter här inne alldeles ensam", sa hon med ryggen mot fönstret.

Genom rutan såg jag grannarna stå i en klunga och titta upp mot mig. En av männen pekade mot mitt fönster och sa något till de andra. Sedan gick de tillsammans mot staketet som separerar våra trädgårdar och klättrade över det.

Kapitel 4

Jag tog mig tydligen hem till slut för nästa morgon vaknade jag i min egen säng. Jag hade inget minne av hur det hade gått till. Alla naglar var avbrutna, men jag upptäckte inga andra yttre tecken på vad som hade utspelat sig kvällen innan.

Trots mitt nederlag hade jag burit med mig Krymplingen hem, hans lätta men bestämda beröring, den friska lukten, värmen från hans händer. Jag vaknade omsluten av honom. Det var alldeles verkligt som om han faktiskt var där, en ande som obehindrat rörde sig genom drömmar och verklighet. Jag fantiserade om att vara nära honom igen, om hur det skulle kännas att röra hans hud, och hur det skulle kännas när hans känsliga, lätta fingrar rörde min.

Jag hade varit med pojkar förut, det var inte det, men jag hade aldrig förut längtat efter det, inte som jag gjorde nu.

De killar som vi kände var som mekaniska lek-saker. Man visste precis hur man skulle vrida upp dem och sedan gick de av sig själva. Jag brukade titta på deras ansikten när de med slutna ögon fick utlösning, hur skyddslösa och utlämnade de var då, och jag tänkte varje gång hur lätt det skulle vara att döda dem i det ögonblicket. Jag föreställde mig att de inte skulle göra motstånd, inte ens tänka tanken, kanske inte ens reagera. De skulle ta emot döden oreflekterat, utan rädsla. Den fan-tasin gav på något sätt mening åt det som annars bara fyllde mig med tomhet. Jag observerade dem i alla aspekter av det eftersom jag ändå inte var delaktig, jag var åskådaren, den ansiktslösa assis-tenten. Jag trodde att jag skulle förstå dem bättre då, men jag kände mig bara ännu mer utanför, ännu mer marginell. Jag var ett redskap, det var så de betraktade mig.

Jag ville inte kliva upp, för så länge jag låg gömd under täcket kunde jag fortfarande inbilla mig att allt var möjligt, att jag faktiskt skulle få uppleva det som min kropp skrek efter. Jag kunde helt strunta i omvärlden och vad den tyckte. Han var där med mig, och jag ville inte skiljas från ho-nom, jag ville inte skiljas från känslan av att ha upptäckt honom.

Men så kom mamma in och gnällde över att klockan var tolv och att jag fortfarande inte var uppe. Jag skrek åt henne att lämna mig ifred, och hon svarade som vanligt att hon och pappa skulle sparka ut mig när jag fyllde arton. Hon tillade ska-deglatt att det inte var långt kvar till dess. Det var på tiden att jag fick klara mig själv, de hade gjort vad de måste. När jag inte visade några tecken på att röra mig drog hon in dammsugaren, satte i gång den och började väldigt energiskt att städa. Hon visste att det gjorde det omöjligt för mig att ligga kvar.

Jag tog en macka med mjukost i köket och me-dan jag åt den och bredde en till noterade jag att det var ovanligt tyst, trots mammas dammsugning i bakgrunden. Jag ringde Madde, men fick inte tag på henne, ingen av de andra heller. Först trodde jag att det var en tillfällighet, men jag försökte flera gånger, med jämna mellanrum, utan att lyckas, tills jag började känna mig stressad.

De undvek mig. Jag vågade först knappt tänka på varför, men till slut cirklade tankarna oavbrutet runt Krymplingen, fast inte på samma sätt som tidigare. Han hade återgått till att bara vara krymp-ling, en utstött individ som man inte umgicks med av något som helst skäl. I det avslöjande dagsljuset blev gårdagskvällens erfarenheter overkliga, dröm-lika. Hans goda sidor, allt det som jag nyss hade längtat efter, förvandlades till oväsentligheter, som det krävdes mörker för att överhuvudtaget kunna uppfatta, på dansgolvet, utanför hans hus, under täcket.

Det var obegripligt hur jag hade kunnat sitta utanför Krymplingens dörr och böna och be om att bli insläppt. Allt det jag hade tagit med mig av honom, som jag nyss värdesatte så högt, slog jag sönder, stampade på, tvingade mig själv att förstöra, för det var i det långa loppet betydelselöst i jämförelse med det oöverskådliga som jag riskerade att öppna dörrarna till.

Det hade börjat med den där dansen och jag hade låtit mig svepas med. Sedan tog lyckligtvis det rationella över och jag gjorde det enda rätta, jag förrådde honom. Där borde det ha slutat. Jag borde aldrig ha gått hem till honom. Varför hade jag gjort det? Vad brydde jag mig om ifall han levde eller dog? Han var bara Krymplingen. Jag hade mitt eget liv att tänka på.

Jag kände mig rastlös och instängd, men var samtidigt rädd för att gå ut. Dagsljuset hade uppenbarat mycket för mig, och om det nu var så att jag inte förstod varför jag hade gjort som jag hade gjort, hur obegripligt skulle det då inte verka för alla andra?

Till slut hade jag gjort upp så många kvävande fantasiscenarier av vad de andra skulle tycka, tänka, säga och göra att jag var tvungen att gå ut för att kunna andas. Jag gick en sväng runt kvarteret med nedböjt huvud och dunkande hjärta. Jag var livrädd för att träffa någon. Man visste aldrig vem som kunde ha hört mig utanför Krymplingens hus och jag var inte beredd på förhör. Mitt huvud var redan fullt av deras frågor, det var svaren jag saknade.

Det fanns inget sätt att förklara det på, jag skulle aldrig få dem att förstå vad jag hade upplevt, vad som hade drivit mig dit till honom mitt i natten efter att jag själv hade anklagat honom. Det fanns inga sådana upplevelser i verkligheten, det är sådant som sånger handlar om, fåniga sånger där människor är oemotståndliga och modiga, och känslor stora och omstörtande, men det vet ju alla att det bara är påhitt. Jag och mina vänner skulle i alla fall aldrig få vara med om det, för vi var fula och ofullkomliga, långt ifrån alla sångtexter. Min enda chans nu var att förneka allt, och att göra det trovärdigt.

På kvällen fick jag slutligen tag på Madde och trots att hon till en början var avvaktande verkade hon under samtalet alltmer angelägen att träffa mig. Vi kom överens om att hon och de andra tjejerna skulle komma över. Jag hade varit så orolig, men efter att ha hört den stegrande ivern i hennes röst kände jag mig lättad, inte för att allt var över, jag insåg att mycket övertalning och förklaring återstod, men lättad över att det i alla fall fanns en öppning. Kanske skulle allt gå att reparera.

Trots att det bara dröjde någon timme innan de kom var jag lika nervös igen. Jag letade efter tecken på vad de tyckte, vad som skulle komma, men de avslöjade ingenting. De spelade sina roller väl om det nu var det de gjorde, jag kunde inte läsa dem längre. Jag förstod inte ens mina närmaste vänner. Det fanns ingenting öppet fientligt i deras uttryck, men jag tyckte ändå att något inte var som det skulle.

Ingen nämnde Krymplingen. Om detta hade varit en vanlig dag och vi kvällen innan hade varit med om något av samma magnitud som under gårdagskvällen skulle vi ha pratat om det dagen efter, vi skulle inte ha gjort något annat. Vi skulle ha ringt varandra om och om igen, tills hela situationen var noggrant analyserad. Men ingen sa ett ord om Krymplingen eller om något annat som hade hänt heller. Jag hoppades någonstans att det berodde på hänsyn till mig, men jag hade en känsla av att den verkliga orsaken var att de redan hade pratat om allt, och att jag hade lämnats utanför.

Nu var det upp till mig att ta upp ämnet. Hur jag gjorde det skulle bli avgörande för min status i sällskapet. Jag undvek det så länge jag kunde, men till slut fanns det inget sätt att fortsätta utan att beröra det. Det fick bära eller brista. Jag hade funderat på hur jag skulle säga det, vilket sätt som var det bästa, vilken detalj jag först skulle föra på tal och vad den skulle säga om mig. Till slut valde jag det mest neutrala jag kunde komma på:

"Jag blev sjuk i går. Jag kunde inte sluta spy."

Då tittade de äntligen misstroget på mig.

"Det var ju bara en gång", sa Madde.

"Men sen...", började jag.

De såg segervisst på mig. Äntligen var det fritt fram. De började förhöret. Vart hade jag tagit vägen? De hade gått till korvkiosken vid busstationen som alltid. Efter ett tag kom Manne och några av killarna.

"Manne var urförbannad. Han tyckte att du kunde ha varit lite mer tacksam efter allt de hade gjort", sa Madde.

Jag hade planerat att erkänna och böja mig, men i stället sa jag häftigt:

"Är det tacksamhet, att stå på knä i lera med hans kuk i munnen?"

Madde tittade stridslystet på mig.

"Men den där äckliga Krymplingen skulle du gärna suga av, eller hur?"

Jag kunde bara förlora nu.

En av de andra tjejerna sa med illa dold skadeglädje att någon hade sett mig utanför Krymplingens hus på natten.

Jag svarade att jag fick dåligt samvete, att det kändes som om allt var mitt fel. Även om jag tyckte att han fick vad han förtjänade ville jag inte att han skulle bli ihjälslagen. Jag tog i lite extra för att de skulle tro mig och ta mig tillbaka. Jag måste visa att jag menade allvar, och just då menade jag varje ord. Krymplingen var återigen den utstötta, hånade figur som han alltid hade varit, även för mig. Det var ingenting särskilt med honom, mer än att han var krokig och gick konstigt.

Tjejerna låtsades att de inte förstod mig först, men de visade ändå tecken på att mjukna. Ett misstag en kväll kunde alla göra och jag var inte den första, även om mitt misstag möjligen var det största. Allt skulle kanske kunna förlåtas och så småningom glömmas, men då måste jag återvända till Krymplingens hus och visa att jag inte tyckte att han var viktigare än de. Det måste vara övertygande, det fungerade inte med prat längre, och det gick inte att skjuta upp, det måste ske nu. Jag frågade vad jag skulle göra.

"Du kommer nog på något", sa Madde.

Hon och de andra gick ut och väntade. Det tog bara några minuter, men när jag kom ut till dem efter att ha satt på mig skor och jacka var de förändrade. De behandlade mig återigen som om de inte trodde att jag skulle klara det, eller snarare som om de inte trodde att jag ville göra det. Madde var mest överlägsen, hon vägrade att titta på mig, stirrade bara ut i luften trots att vi gick bredvid varandra.

De sa ingenting mer till mig på väg mot Krymplingens hus. Tystnaden gjorde mig illa till mods, men jag kunde inte bryta den. Om jag gjorde det skulle jag förlora min chans till förlåtelse, det visste jag. Genom att tala skulle jag visa att jag inte accepterade deras dom, att jag försökte hävda mitt oberoende. Jag kunde inte vända mig emot dem, inte mer än jag redan hade gjort. Jag kunde inte heller komma på vad jag skulle göra mot Krymplingen. Det måste vara något elakt, men jag ville inte göra något som skulle skada honom ytterligare. Samtidigt hade jag en känsla av att det var just den fysiska smärtan de andra var ute efter.

När vi kom fram till hans hus hade jag fortfarande inte en aning om vad jag skulle göra, och då slog det mig att det förmodligen skulle bli omöjligt att göra något alls eftersom Krymplingen aldrig skulle låta mig komma i närheten, han skulle aldrig öppna dörren. Varför skulle han göra det idag när han inte hade gjort det dagen innan då jag var ensam och hade bönat och bett?

Men jag förstod att ingenting skulle bero på mig och min uppfinningsförmåga när jag såg att det var Manne som stod i dörren och släppte in oss.

Kapitel 5

Krymplingens dotter Matilda har en son som jag hoppas ska föra hans arv vidare. Han har inte fått den deformerade kroppen, vilket i och för sig är en välsignelse. Samtidigt tror jag att just den missbildade ryggen bidrog till att forma Krymplingen till den person han var.

Motgångarna gav honom en syn på världen som andra aldrig får eftersom de anstränger sig för att undvika svårigheter. De försöker att alltid vara på rätt sida för att slippa ensamhet och obehag. Med rätt sinnelag kan motgångar härda en, göra en tålmodig och stark, men alla besitter inte det, alla har inte förmåga till försoning, man kan lika gärna bli missunnsam och hämndlysten och göra saker man sedan ångrar resten av livet.

Jag trodde länge att det var de yttre defekterna som skilde honom från de andra, att han utan dem inte skulle vara densamma. Jag ville inte se att kroppen var en belastning för honom. Han kunde inte acceptera den, och gjorde till slut uppror. Jag kämpade emot, för min egen skull. Det var jag som behövde hans defekter eftersom jag inte kunde möta mina egna.

När jag ser pojken sitta på golvet vill jag lyfta upp honom och lukta på honom för att se om jag kan avgöra vem han har fått sina gener ifrån, men jag kan inte avslöja mig för henne. Den enda fördel jag har är att hon inte är säker på vad jag döljer. I stället för att ta i honom söker jag i hans blick efter likheter, efter samhörighet, efter en möjlighet att mötas igen i en ny skepnad. Men den lille har fortfarande ett barns förundrade ögon, inför vilka i stort sett allt är en ny upptäckt, ett nytt mysterium, öppet för undersökning.

Jag var på något sätt förvånad över att Matilda kom tillbaka, trots att jag hade varit inställd på att hon skulle återvända som en flyttfågel när tiden var den rätta. En dag stod hon plötsligt utanför min dörr, men då var det redan för sent. Jag hade upphört att röra mig och prata i andras närvaro, och jag kunde inte göra ett undantag för henne, hon skulle ha avslöjat mig direkt. Den enda som har blivit invigd är hennes son.

Jag kunde inte öppna när hon ringde på. Jag bara satt och lyssnade på signalerna. När man har slutat att låta sig hetsas av dem och bara låter dem ljuda, utgör de en helt annan upplevelse än när deras ringande faktiskt betydde något. Jag kunde se henne där nere i trädgården när hon spanade upp mot fönstren med ett barn i famnen. Jag tror att hon kanske såg mig också där jag satt och stirrade och inte gjorde någonting för att släppa in henne, för hon gick ganska snart sin väg.

Hon kom tillbaka flera gånger under de kommande veckorna, och en dag ringde hon på när Maria från hemtjänsten var hos mig. Maria var mycket glad över att jag för en gångs skull fick besök, hon trodde inte att jag hade några anhöriga. Hon är den mest pratsamma av alla från hemtjänsten, men trots att jag aldrig har imponerats av ord tycker jag om henne eftersom hon utstrålar en intensitet och direkthet som är omöjlig att värja sig emot. Hon lämnar en strid ström av kommentarer om vädret, pengar eller världsläget, ämnen som vem som helst skulle kunna ta upp, men det hon säger om dem är alltid oväntat. Jag försöker varje gång lista ut vilken åsikt hon har i ett visst ämne när hon börjar prata om det, men mina gissningar är alltid banala och fantasilösa i jämförelse med hennes egna uppfattningar.

När Matilda hade blivit insläppt kom hon fram till mig och hälsade stelt och formellt. Hon pratade överdrivet långsamt som om hon trodde att jag inte bara hade förlorat rörelseförmågan utan även förståndet.

Sedan inledde Maria sitt förhör. Hon hade en helt annan ton än den hon vanligen har, hon blev avvaktande, men inte mer tystlåten. Hennes sätt var både engagerat och anklagande, och det verkade få en att vilja öppna sig fullständigt, för Matilda hade aldrig avslöjat så mycket om sig själv i min närvaro tidigare. Jag skulle inte kunna locka ur henne ett ord mer än hon själv hade planerat att säga, men på Marias uppmaning berättade hon om Krymplingen och hennes mamma, om skilsmässan, detaljer som var personliga och avslöjande. Samtidigt tittade hon oroligt åt mitt håll. Hon verkade inte i stånd att stoppa sitt eget ordflöde och var tydligen rädd att blotta sig för mycket, men när det var dags för frågan om varför hon inte hade kommit tidigare blev det tyst en stund medan Matilda formulerade sin lögn. Även om hon kanske hade talat sanning fram till dess såg jag direkt att hon planerade att ljuga.

Sanningen gjorde henne nervös, men när hon äntligen lyckades uppamma tillräckligt med kraft att stå emot Marias uppfordrande röst blev hon lugn och säker. Hon drog på svaret, tittade sig närmast överlägset omkring medan hon väntade på rätt tillfälle att leverera det, till och med tystnad kunde hon kosta på sig.

Hon sa till slut att hon hade varit på resa, långt borta, i Australien. Hon sneglade åt mitt håll som för att kontrollera mina reaktioner. Maria ifrågasatte henne inte, men jag visste att hon hittade på. Hon hade inte rest någonstans, inte så långt bort i alla fall. Hon dolde någonting, kanske skämdes hon, kanske var det av helt andra skäl, men hon ville hålla någonting hemligt för mig.

Maria avbröt utfrågningen lika abrupt som hon hade startat den och tog i stället upp barnet som satt på golvet och viftade med en leksak. Han skrattade och gurglade när hon lekte med honom. Matilda berättade självmant att han hade fått namn efter sin pappa som hade lämnat dem för att gå sin egen väg. Jag hade gärna velat veta lite mer om barnet, men då var det dags för Maria att åka vidare och hon tvingade Matilda att också gå.

"Jag vet ju egentligen inte vem du är", konstaterade hon plötsligt kallt.

Matilda såg besviken ut, men hon kom tillbaka flera gånger vid andra tillfällen och hade snart vunnit hemtjänstens förtroende. Hon började besöka mig en gång i veckan under förespegling att hon skulle hjälpa till att städa. Jag gissade att hon inte hade några pengar, men jag gjorde ingenting för att hjälpa henne, trots att jag verkligen ville det. Jag deltog inte längre i deras värld, och jag tänkte inte anförtro mig till henne även om jag hade saknat henne.

Jag saknade att ha en relation, något mer varaktigt och personligt än de korta kontakterna med hemtjänsten. Ibland kunde jag bortse från det som tidigare hade hänt och fantisera om att hon var min dotter som jag hade adopterat bort när hon var ett spädbarn. Nu hade hon återvänt, en fullständig främling som ändå var bunden till mig.

Det bästa sättet att få andra människor att prata är att inte säga någonting själv. Jag har aldrig fått reda på så mycket om andra som sedan jag slutade tala. Det verkar som om omgivningen känner sig tvingad att yttra saker bara för att jag är tyst. Det är något närmast naturlagsmässigt över det hela.

När Matilda började besöka mig var hon först försiktig, men ganska snabbt öppnade hon sig och började prata på ett ohämmat och obesvärat sätt, som var helt nytt för henne i mitt sällskap. Hon frågade mig en massa saker trots att hon visste att jag inte svarade. Min tystnad fick henne att alltmer prata för sig själv, eller kanske riktade hon sig ändå till mig eftersom jag var den enda som just då lyssnade, kanske den enda hon hade att vända sig till. Jag fick veta att barnets pappa hade lämnat henne. Matilda, som hade varit en notorisk hjärtekrossare ända sedan hon var tonåring, hade till slut själv blivit övergiven av en man som hon var huvudlöst förälskad i. För att vara säker på att han skulle stanna hos henne såg hon till att bli gravid, men han reagerade inte som hon hade trott. Han blev ursinnig, och skrek att han inte ville ha barn med en slampa som hon, han ville ha en tjej som såg upp till honom. Då insåg hon att han redan hade vänt henne ryggen, men hon kunde ändå inte slita sig från honom. Hon förödmjukade sig, bönade och bad, försökte på alla sätt få honom att ta henne tillbaka. Han hade något som hon inte kunde motstå även om han bevisligen var ett as.

Hon berättade historien med ett stegrande tonläge tills hon skakade av upprördhet och sprang in i ett annat rum och stängde dörren efter sig. Därifrån fortsatte hon att ropa ut vad som hade hänt så att jag inte skulle missa en enda detalj.

För att sätta henne på plats hade han bedragit henne. Han såg noga till att hon fick reda på det, för han ville kuva henne, knäcka henne, få henne att inse att han hade rättigheter som hon aldrig kunde kräva.

Sedan blev det tyst en lång stund. Den lilla pojken lekte med klossar i gästrummet och han skrek till med jämna mellanrum, ibland förvånat, ibland belåtet. Han verkade inte alls beröras av sin mammas högljudda berättelse, men när hon tystnade blev hans sporadiska utrop alltmer frågande och osäkra, han började pipa hjälplöst och det övergick till slut i ett förtvivlat gallskrikande. Matilda, rödmosig i ansiktet av gråt, rusade ut och plockade upp honom från golvet. Då tystnade han nästan genast. Sedan gick hon, utan att så mycket som titta på mig, med barnet i famnen nedför trappan och ut genom dörren.

När jag från fönstret såg dem avlägsna sig började jag själv att skrika som ett barn, rakt ut. Jag ville att någon skulle lyfta upp mig och bara genom beröringen övertyga mig om att jag var trygg.

Jag mindes vår forna kontakt och ville att hon åter skulle bry sig om mig på riktigt, inte bara komma hit för att jag råkade vara tillgänglig. Vi hade en historia som jag inte kunde tillåta att hon glömde. Jag förtjänade hennes uppmärksamhet, liksom hon min. Jag visste bara inte vad jag skulle göra för att hon skulle förstå.

Nästa gång Matilda visade sig var hon på ett helt annat humör, retlig och irriterad, först på pojken som gnällande klamrade sig fast vid henne och inte ville släppa taget, sedan på mig för att jag överhuvudtaget fanns. Jag blev till slut den huvudsakliga måltavlan. Hon anklagade mig för att ha drivit Krymplingen ifrån hennes mamma. Det verkade som om hon bara drog till med det för att hon trodde att det skulle såra mig, jag tror inte att hon anade hur rätt hon hade. Mig spelade det ingen roll. Hon fick häva ur sig vad som helst som hon trodde kunde reta upp mig, jag gladde mig åt beskyllningarna. Om jag hade känt mig förkrossande övergiven när hon senast lämnade mig, hade jag nu fått det jag önskade.

Något hade hänt och det återspeglades i hennes attityd mot mig. Hon fick utlopp för sin undertryckta frustration genom att ge mig skulden eftersom jag inte kunde protestera. När hon lämnade huset den dagen svor hon och gormade och höll på att klämma pojkens fingrar i dörren. Jag såg dem gå och skrattade nästan av lättnad. Om hon var så upprörd skulle hon garanterat komma tillbaka, men i en lugnare sinnesstämning.

Jag fick rätt. Nästa gång hon var på besök var hon åter tyst, men inte alls försiktig. Under loppet av en halvtimme hade hon svept ned en kopp och en skål i golvet så att de krossades.

Kanske hade jag ryckt till utan att märka det för när hon stod böjd över röran hon orsakat, lyfte hon plötsligt blicken och tittade rakt på mig. Hon sa ingenting, men det verkade som om hon i det ögonblicket insåg vad som var hennes övertag. Hon misstänkte att jag faktiskt kan röra mig, kanske även prata, och hon föresatte sig då att avslöja mig. Hon fortsatte att medvetet ha ned saker i golvet så att de slogs sönder medan hon stirrade på mig, sökte en reaktion. Jag var mest orolig för att jag skulle röja mig ytterligare, lyfta händerna instinktivt mot ansiktet för att skydda det mot yrande glassplitter, men jag lyckades hålla mig stilla.

Ljuden hade lockat pojken ut från gästrummet, där det fanns leksaker, till vardagsrummet. Han satt i dörröppningen och betraktade med öppen mun sin mamma som just lyfte en blomkruka för att slå sönder den mot golvet. Matilda hejdade sig när hon fick syn på honom. Hennes ansiktsuttryck förvandlades från hätskt och provocerande till skrämt och skuldmedvetet. Hon ställde snabbt ned blomkrukan och sprang fram till honom, men trots att hon rörde sig försiktigt för att undvika skärvorna skar hon sig. Jag tittade på medan hon haltade in i badrummet och förband den blödande foten, efter att hon hade stängt in pojken i gästrummet. Det mötte omedelbart protester, men Matilda lät honom vara kvar därinne. Ibland ropade hon uppmuntrande till honom. Hon haltade runt med sopborsten, sedan tog hon fram dammsugaren och till sist torkade hon golvet eftersom hon hade lämnat blodspår efter sig. Allt måste bort innan hemtjänsten kom med maten, annars skulle det bli problem, det visste vi båda.

Den lille hade skrikit högt och genomträngande en god stund innan hon var klar och kunde öppna dörren. Då ville han inte vara mer på golvet. Han ville bara att hon skulle bära runt honom medan han höll sig fast i henne som en liten apa. Vårt avsked den dagen blev stillsamt, och märkligt nog i någon form av samförstånd.

Jag såg redan fram emot hennes nästa besök. Jag ville se vad hon skulle göra, vad hon skulle få mig att göra, hur våra handlingar skulle haka i och lyfta varandra framåt. Men nästa gång hon kom med pojken var hon både tyst och skygg. Hon tittade skrämt på mig och verkade stressad över något. Hon haltade inte längre, det måste ha varit ett ytligt sår.

Hon gick fram och tillbaka och viftade med dammtrasan, trots att hon vid det laget måste ha insett att jag inte förväntade mig att hon skulle städa. Pojken följde henne med blicken, oroligt. Ibland tittade han längtansfullt mot gästrummet med leksakerna, men han hade inte modet att krypa dit.

När hon stod bredvid mig och svepte med trasan över byrån böjde hon sig plötsligt ned och tog tag i min arm. Hon höll den i ett hårt grepp och jag såg hennes fasta, släta hand klämma åt runt min överarm. Det blev väldigt tydligt då att jag var gammal.

Jag hade ibland upplevt att Matilda och jag var jämnåriga, fast jag var medveten om att jag kunde vara hennes mamma. Nu var jag överbevisad. Hennes arm var spänstig och kraftfull, min egen mager, så tunn att den verkade kunna knäckas bara av hennes starka fingrars grepp. Hennes hud var mjuk och slät, min slapp och rynkig. Pigmentförändringar bredde ut sig som mörka öar på det genomskinliga skinnet.

Utseendet verkar vara konstant tills man en dag upptäcker att man har blivit synbart äldre. Jag tyckte att jag borde ha sett förfallet tidigare för rimligen kunde det inte ha inträffat så plötsligt. Det hade förstås skett gradvis, men så lite att det inte märktes från dag till dag, inte förrän den samlade förändringen blev tillräckligt stor och tippade över i synlighet.

Armen jag såg, den tunna, slappa, fläckiga armen, stämde inte överens med bilden jag hade av mig själv. Det var som att betrakta en främling. Det hela blev så påtagligt och överraskningen så stor när jag såg skillnaden mellan oss att jag var säker på att min kropp reagerade med en rörelse, men eftersom min koncentration var helt inriktad på området där vi hade kontakt kunde jag inte avgöra vad jag hade gjort eller om Matilda hade uppfattat det. Om jag hade avslöjat mig så visade hon ingenting. Hon verkade frånvarande, även hon upptagen av greppet kring min arm. Det verkade ha fått henne att tänka på något, minnas något vi hade gemensamt, tidigare beröring som var av en annan art.

Plötsligt släppte hon armen och såg på mig som då, sugande och intensivt. Jag tittade ned, kunde inte möta hennes blick, ville inte minnas, inte när jag hade sett mig själv som jag egentligen var, som jag hade blivit.

Jag väntade henne veckan därefter, men hon kom inte, inte veckan efter det heller och till slut kände jag en längtan efter henne och pojken så stark att jag inte kunde tänka på något annat. Jag hade varit helt säker på att hon skulle återkomma, och jag började känna mig sviken trots att hon inte hade lovat mig något.

Jag målade upp allehanda skräckscenarier av vad som kunde ha hänt och skrämde upp mig själv på ett sätt jag aldrig tidigare hade gjort med andra människor bortsett från Krymplingen. Jag inbillade mig att de hade blivit påkörda, jag såg dem ligga på gatan i varsin blodpöl utan att någon hjälpte dem. Jag trodde att de hade blivit bortrövade av någon som ville låsa in och utnyttja dem. Jag fick för mig att Matilda hade råkat ut för en olycka och tappat minnet och irrade omkring utan att veta vem hon var eller vart hon skulle ta vägen, medan pojken var hemma och skrek efter henne.

När jag mer eller mindre hade gett upp hoppet om att de någonsin skulle komma tillbaka var de plötsligt där igen, som om ingen tid hade förflutit, som om ingenting hade hänt. Men något hade hänt.

Matilda berättade nästan omedelbart att anledningen till att de inte hade besökt mig var att pojkens pappa hade återvänt. Han var full av ånger och ville träffa sin son. Han ville ha ett liv med dem, påstod han. Matilda hade tvekat några sekunder innan hon föll till föga. Han var först omtänksam och uppskattande. Det verkade lovande, allt såg ut att fungera, men redan efter ett par veckor hade han blivit alltmer retlig och mentalt frånvarande.

En dag skulle han gå till kiosken och köpa cigaretter, sa han, men han kom inte tillbaka. Efter någon timme gick Matilda ut för att leta. Hon trodde på samma sätt som jag att det hade hänt något, hoppades att det hade hänt något som kunde förklara hans frånvaro. Hon hoppades att han hade blivit påkörd och låg på sjukhus täckt av gips, att han hade fått en hjärtattack, att han hade blivit överfallen, ihjälslagen, bara han inte hade stuckit ifrån dem igen. Hon gick till kiosken och frågade om han hade varit där. Killen i luckan nickade, han hade köpt ett paket cigaretter och sedan gått till busshållplatsen intill.

Matilda väntade i dagar, men han hörde inte av sig. Han hade inte tagit med sig något annat än det han just då hade på sig. Väskorna med kläder stod kvar hemma hos henne, han återvände inte ens för att hämta dem.

Hon muttrade att han säkert var hos en annan kvinna nu, som hade tagit emot honom med öppna armar precis som hon hade gjort, men som innerst inne visste att han snart skulle lämna henne. Han förberedde bara sin sorti noggrant så att den skulle bli så smärtfri som möjligt för honom själv.

Jag var glad över att han var borta, det var det som hade fått henne att återvända. Jag brydde mig inte om att jag kom i andra hand, att jag inte var högst prioriterad. Kanske är det en del av att bli gammal, man sänker kraven. Man behöver inte längre den exklusivitet man förväntade sig som ung eftersom man vid det laget insett att den i alla fall inte är bestående.

Jag brydde mig inte heller om att hon var olycklig över att ha förlorat honom. Sanningen var att han inte förtjänade henne, och med tiden skulle hon inse det. Det var bra att jag inte längre talade för då hade jag nog försökt säga det till henne, och det hade säkert skrämt i väg henne, kanske för alltid.

Kapitel 6

Jag flyttade därifrån. Jag kunde inte bo kvar i spillrorna längre.

Efter den där helgen var jag mer förföljd än Krymplingen. Han föll tillbaka in i skuggorna när det plötsligt fanns något nytt att förfasa sig över. Det gav hela bygden energi. Och jag fick verkligen uppleva hur ryktesspridning går till.

Manne och Madde och deras anhang hade planterat sina lögner överallt, den ena värre än den andra. Ingenting verkade stämma mellan historierna, men det spelade ingen roll. Det var inte logik de var ute efter, det var fler groteska detaljer att öppet uppröra sig över, och i hemlighet njuta av.

Allt gick ut på att jag var en hora som bjöd ut mig till alla, och det värsta av allt – jag hade gjort det med Krymplingen, så desperat var jag. De hade själva sett det, och de var chockade. Att jag gråtande försökte förklara att de andra hade våldtagit mig var det ingen som trodde på. Varför skulle de ljuga?

De var ju mina vänner. Men det var väl så att jag inte vågade stå för det jag hade gjort, och i stället försökte skylla på andra. Det var så typiskt flickor, att inte kunna löpa linan ut.

Inom loppet av ett dygn hade mitt liv förändrats. Hela samhället vände sig emot mig. Ingenting av det som fanns förut fick jag tillgodoräkna mig, all tidigare historia var utraderad. Att jag, som såg så trevlig och pålitlig ut, kunde vara en sådan slampa hade de aldrig trott. Att jag dessutom var så fräck att jag anklagade mina vänner för någonting så fasansfullt som våldtäkt. Det var skrämmande vad somliga hittade på för att rädda sitt eget skinn.

Jag anmälde det ändå, eftersom jag visste vad som var sant, men utredningen lades ned. Polisen sa bara att ingen trodde mig och det fanns inga bevis. Jag hade vägrat att låta mig undersökas, ingen fick ta i mig, inspektera mig, särskilt inte där. Det gick inte att styrka att jag inte var med på det. Den enda som kunde bekräfta min historia var Krymplingen.

"Men han är ju inte trovärdig", sa en polisman.

Sedan släntrade han flinande fram till mig. Jag kunde känna värmen från hans andedräkt i ansiktet när han med låg röst sa:

"Du kanske kan visa oss hur det gick till. Vi är flera som är nyfikna."

När jag rodnande av harm och med tårar i ögonen vände mig om för att gå sa han högt att polisens uppgift är att upprätthålla ordningen och den enda som hade brutit mot ordningen var jag. Allt var på något sätt logiskt.

Jag slutade att kräva upprättelse. Jag höll mig bara undan så gott det gick tills skolan slutade och jag nästan samtidigt fyllde arton.

De där sista månaderna var på gränsen till olidliga, men det gällde bara att stänga av sig själv. Jag kunde inte gå någonstans utan att det pekades och tisslades. Viskandet var någon form av maktspel. Det skulle visa att det inte fanns någon som stod på min sida, ingen som tog mitt parti. Om jag skulle få för mig att försöka ta kontakt skulle vända ryggar och fnissningar avskräcka mig från att komma närmare.

Men alla visade inte sitt förakt tyst. Gäng av killar, stora som små, förföljde mig på avstånd och gav ifrån sig grymtande, stönande ljud. Några skrattade och skrek "hora" efter mig. De som kände sig riktigt modiga trängde in mig mot väggar och försökte kladda eller visa sina kön för mig. Ibland var jag så rädd att jag kunde ha skrikit högt, men jag sa aldrig något mer till dem, varken till mitt försvar eller på något annat sätt. Jag visste att det var lönlöst att ropa på rättvisa. Rättvisa var ju vad de gjorde mot mig. Sådana var spelets regler.

Det som de andra gjorde skrämde mig, men det var inte det värsta, mina föräldrar trodde mig inte heller. Pappa, som hade nog med det han kallade verkliga problem, avfärdade mig fullständigt och överlät som vanligt hanteringen av mig till mamma, som förstod sig på käringbekymmer. Men det här förstod hon sannerligen inte. Vad hade jag hos den där förskräckliga Krymplingen att göra?

"Det var väl onödigt."

Inte fasansfullt eller hemskt. Onödigt. Det var onödigt för det hade drabbat henne och pappa som var helt oskyldiga. De hade minsann gjort sitt bästa för att uppfostra mig till en anständig människa, men det hade inte hjälpt. Nu fick jag klara mig själv.

Mamma visste kanske inte från början vad hon skulle tro. Hon hade sett mig på natten när jag kom hem och då handlade hon instinktivt, som man förväntar sig att en mamma ska reagera. Men när hon hade fått tid att tänka efter, och inte minst hört vad andra hade att säga, framstod det hela på ett annat sätt. Pappa hade säkert påverkat henne, men det var inte allt. Hon hade upptäckt vilka krav omvärlden ställer på de små människorna. Och om hon tvingades inordna sig så skulle även jag göra det. Det var rätt åt mig att jag blev utfrusen av hela samhället, då kanske jag äntligen skulle lära mig.

Det var ingen hejd på hennes förebråelser. Krymplingen hade säkert smittat mig med vad det nu var för otäckt som han bar på. Det förstod ju vem som helst att det inte kunde vara hälsosamt att vara i närheten av honom. Han såg ju för hemsk ut med sin krokiga rygg och sin haltande gång. Och var han riktigt klok egentligen? Hade jag tänkt så långt som att jag kunde bli gravid? Det kunde bli jag som födde hans missfoster till barn. Mamma rös. Hur hade jag ens kommit på tanken att dansa med Krymplingen och egga upp honom? Hon hade aldrig hört på maken så dumt. Och sedan gå hem till honom. Jag hade inte där att göra, och det borde jag ha förstått. Nu var både hon och pappa utskämda, för alltid kanske. Alltihop var så oerhört onödigt. Vad skulle hon säga på syföreningen, till väninnorna, till grannarna? Alla stirrade på henne överallt. Hon kunde knappt gå ut längre, och telefonjacket måste hon dra ur för att slippa alla anonyma samtal med obehagliga ljud och antydningar.

Jag flyttade därifrån. Jag orkade inte höra hennes anklagelser. De var värre än alla andras, för jag hade trots allt hoppats att hon skulle välja min sida.

Kapitel 7

Man kan tycka att döden oundvikligen borde skilja
människor åt, men mitt band till Krymplingen blev
snarare starkare efter hans död. Jag skulle önska
att orsaken till det enbart var kärlek, men det som
huvudsakligen band mig till honom var en out-
plånlig känsla av skuld.

Krymplingen fick genomlida mycket i sitt liv,
och det var jag som stod för det största sveket. Det
var jag som tvingade honom tillbaka till det fäng-
else han ett tag trodde att han hade sluppit ifrån,
och jag vågade aldrig berätta vad jag hade gjort.
Straffet, att varje ögonblick bli påmind om min
egen falskhet och feghet, var tungt, men jag tog det
utan att blinka. Jag skulle leva vid hans sida, men
aldrig helt kunna njuta av den uppskattning han
visade mig. Mitt inre värkte av att känna hans
tacksamhet när han egentligen borde hata mig.

Jag stannade hos honom ända in i döden, och
sedan därefter. Döden var inget slut, inte ens ett

stopp på vägen, den innebar ingen skillnad för mig. Allt fortsatte som förut. Krymplingen fanns inte där för att påminna mig, men det behövdes inte längre. Min kropp visste vad den skulle känna. Eftersom ingenting mildrades var jag övertygad om att jag inte hade gjort tillräckligt under hans livstid. Det som återstod var att bära hans kors, leva hans liv. Det skulle bli min slutliga uppgift, det jag måste göra för att bli fri. Jag fattade därför beslutet att inte säga något mer och inte röra mig mer i andras åsyn.

Sedan dess har en ny värld öppnat sig. Egentligen är det samma värld, men den ter sig annorlunda ur mitt nya perspektiv. Jag har upptäckt saker som jag tidigare inte lade märke till trots att de måste ha funnits där. Andra reagerar inte på det absurda som utspelar sig där ute. De verkar oemottagliga för sina egna sinnesintryck, eller också uppfattar de inte det som jag nu ser så tydligt.

Vem kan egentligen säga vad som är verkligt? Vi kan bara notera vad vi upplever och hoppas att det till någon del överensstämmer med andras bild, och då finns kanske en möjlighet till samförstånd. Hittills har jag inte varit särskilt lyckosam med det, men jag gör noggranna studier av min omgivning, i akt och mening att förstå den bättre. När kaos dominerar är det en tröst att veta att jag, behagligt avskild, endast är en betraktare.

Jag har observerat dem i flera veckor, men bara på förmiddagarna eftersom jag föredrar att sitta i skuggan. På eftermiddagarna sitter jag i stället vid österfönstret. Varje morgon får jag se utvecklingen från dagen innan.

Det började i ett område närmast huset som nog var tänkt att bli en rabatt. Paret stod på knä, ryckte upp ogrästuvor och luckrade jorden med små krattor. Det hela var ganska enformigt och jag hade just tänkt gå till köket och smygäta något eftersom jag redan började känna mig hungrig och det skulle dröja innan någon kom med mat.

Då skrek kvinnan där nere plötsligt till, och höll upp någonting i luften. Det var för litet för att jag skulle se vad det var, men när hon höll det på ett visst sätt skickade föremålet i väg en ljusreflex som bländade mig. Det var något skinande och metalliskt, troligen också värdefullt för hon gick snabbt in i huset med det. Maken kastade sig direkt ned på knä igen och började gräva med händerna i jorden och sila den mellan fingrarna.

Jag trodde aldrig att de skulle hitta något mer, men bara kanske en halvtimme senare skrek han till, och hon kom utrusande ur huset för att granska det nya fyndet. De var tydligt uppspelta, ingen av dem kunde stå stilla, men plötsligt började de titta sig oroligt omkring, och pratade viskande med varandra. Kvinnan försvann in igen med föremålet som de hade hittat, och sedan fortsatte båda att krafsande gräva i jorden, ivrigt och planlöst.

Några dagar senare var de i full färd med att bryta loss stenarna i trädgårdsgången. De hade övergått till en mer metodisk utgrävning, en stapel reste sig redan vid staketet. Stenarna var stora och att döma av de bådas ansträngda miner också väldigt tunga, så arbetet gick långsamt. Men för varje ny bit jord som blottlades kastade de sig på knä med outsinlig energi och började rafsa och böka. De fick använda hackor för att bearbeta underlaget, det var mycket hårdare än rabatten. Efter några meter hittade de åter någonting i jorden. Det måste ha varit i det närmaste mikroskopiskt för jag kunde inte ens uppfatta den minsta ljusreflex från föremålet som hon höll i sin hand, men den tillfredsställelse som de båda utstrålade var omöjlig att missta sig på trots mitt avstånd.

Efter någon vecka var hela gången bortplockad och fram ringlade i stället ett grunt dike. Paret satt på trappan som ledde upp till ytterdörren. De verkade diskutera fortsättningen på letandet. Han var färdig att ge upp, satt hopsjunken på nedersta trappsteget, medan hon hade rest sig och gestikulerade vilt.

Hon gick fram till ett stånd med liljor som jag hade beundrat. De blommade fortfarande, men kvinnan började slita i stjälkarna, ryckte upp bladen och repade av de vackra blommorna mellan sina spretiga fingrar. Händerna var som trädgårdshackor. Jag stirrade förskräckt på hennes framfart, och upptäckte efter en stund att jag hade rest mig upp från min stol och nu stod och lutade mig mot fönstret. När hon hade ryckt bort det mesta av växten plöjde hon ned fingrarna i jorden och började slita upp rötterna som hon sedan kastade runt omkring sig. Hon letade inte efter några nya metallföremål, det här var ren förstörelselusta. Hon fortsatte tills det inte fanns något motstånd av rötter i jorden framför henne, och då pressade hon ned fingrarna, händerna, armarna, så djupt hon kunde. Hon vände upp ansiktet, och såg närmast extatisk ut. Då var maken med på noterna igen. Han gick lös på de kvarvarande planteringarna. De döende växterna låg till slut i högar runt omkring honom.

Sedan var det dags för gräsmattan. De skar ut små bitar av gräs och undersökte jorden därunder. Uppifrån såg det ut som om de flådde trädgården, huden avlägsnades decimeter för decimeter för att stilla deras nyfikenhet. De gick lika systematiskt till väga som med trädgårdsgången, ingenting fick lämnas outforskat.

Trots planmässigheten märkte jag ändå en krypande otålighet i letandet. I början skar de ut prydliga kvadrater av gräs och staplade dem ordentligt i högar, kanske för att kunna lägga ut dem snyggt och lätt igen när allt var uppgrävt. Men ju längre de höll på desto slarvigare blev grästuvorna, och till slut slet de bara bort dem och kastade dem bakom sig utan att bry sig om var de landade. Det var nog ett tag sedan de hade hittat någonting.

När halva gräsmattan såg ut som en oplöjd ler-åker verkade de tvivla på sitt uppdrag igen. Arbetet gick allt långsammare och de började ofta gräla med varandra. Till slut slängde mannen sin hacka och lade sig ned på rygg i jorden med händerna knäppta över bröstet och tittade upp mot himlen. Kvinnan skulle just resa sig när hon hittade något nytt. Hon skyddade det försiktigt i händerna som om det var av glas, inte metall.

Dagen därefter fortsatte de igen med förnyad energi, men sammanbitet, utan den uppsluppna hoppfullhet som först präglade deras sökande. Den spännande skattjakten hade till slut blivit ett arbete, något som måste slutföras, oavsett hur motiverade de kände sig. Till slut var allt gräs borta, tuvorna och gångstenarna hade de staplat längs staketet, och de bildade en mur omkring den skövlade trädgården.

Den enda växtlighet som återstod var ett omfångsrikt och yvigt buskage i ett hörn av tomten. Det hade levt sitt eget liv i många år. Men makarna var trötta nu. Jag märkte hur de tog sats innan de gav sig in i snåret. De fick slita rejält för att få bort de mycket starka och sega buskarna som dittills aldrig tuktats av människohand.

En morgon var buskaget förvandlat till ett trassel av grenar och rötter och paret låg som vanligt på knä och bökade i jorden. Jag hade fönstret öppet så jag hörde spridda ord av vad de sa. De letade utan entusiasm, men då hittade de någonting igen, något ganska stort för när kvinnan för-sökte gömma det i sina händer lyckades hon nästan inte. På väg mot huset vände hon sig om, och ropade till sin make. Jag hörde inte vad, men rösten var självsäker, nästan överlägsen, som om de till slut hade överlistat trädgården.

När jag nästa dag blev placerad vid väster-fönstret var jag övertygad om att paret skulle vara i full färd med att lägga ut grästuvorna och sten-arna igen, men de hade i stället börjat riva huset. Den stora klumpen som de hittat dagen innan hade tydligen fått dem att se med nya ögon på letandet. De började uppifrån och kastade ned te-gelpannorna på marken. Sedan gick de lös på res-ten av taket, väggarna, golven. Plankor och iso-lering åkte rakt ut och rivningsmassorna lade sig snart som ett täcke över den mörka jorden. Grun-den var svårast eftersom den var i betong, men med hjälp av en bilningsmaskin, som en dag plöts-ligt stod där, lyckades de få bort den också. Den delen av arbetet orkade jag inte följa eftersom ljudet var öronbedövande.

När det någon vecka senare tystnade, gick jag fram till västerfönstret för att se hur det hade gått för dem. Huset var borta. Paret låg på marken och krafsade igen. Det var höst och jorden var kall. Jag såg hur de fick göra ideliga avbrott för att värma fingrarna, endera genom att andas på dem eller sticka in dem i armhålorna. Då kom de på att de kunde göra upp en eld.

De samlade in brännbart material från det rivna huset och fick fart på brasan. Sökandet verkade dock vara resultatlöst. Jag såg kvinnan stå vid elden och värma sig. Hennes ansikte var smutsigt och spänt, märkt av grusade förväntningar. Desperation och uppgivenhet stred med varandra. Mannen började skrika medan han grävde planlöst. Kvinnan tittade kraftlöst på honom. Han reste sig, och övergick till att ursinnigt vräka plankor på elden så att den vrålade till och sträckte sig allt högre mot himlen. De fortsatte lägga på bränsle, inte bara bräder utan allt de kunde hitta.

När lågorna började slicka grenarna på mina träd blev jag orolig, men de slutade inte, de lassade på allt de hade, och lukten från brasan blev stickande när plastsaker smälte. Trots att de var omgivna av tjock rök verkade mannen och kvinnan helt oberörda, de stod bara och stirrade in i lågorna. Jag knackade på fönstret, alltmer högljutt. Så där kunde de inte fortsätta. De måste se mig och sansa sig, men de reagerade inte.

Bålet var nu flera meter högt, och elden hade spritt sig in på min tomt. När den verkade få fäste i mina träd och närmade sig huset omfamnade de varandra. Sedan gick de ut genom grinden, och försvann längs vägen.

Kapitel 8

Stockholm var den enda tänkbara platsen för mig. Jag hyrde ett rum hos en äldre dam i Vasastan och fick jobb på ett konditori. Jag trivdes i storstaden. Det var underbart att kunna gå runt på gatorna utan att någon lade märke till mig. Jag var bara ytterligare en människa i vimlet. Det var så befriande att kunna röra sig öppet att jag ofta gick långa promenader bara för att njuta av anonymiteten, av att aldrig bli igenkänd.

Mina sociala kontakter inskränkte sig till de jag träffade på kaféet, men det räckte mer än väl. De andra tjejerna som jobbade där tyckte att jag var konstig som inte var ute och roade mig på helgerna, själva var de alltid fulla av berättelser på måndagarna. Men jag kände en stark motvilja mot all form av kroppslig kontakt, och kroppslig kontakt var ju det enda syftet med helgnöjen. Det sa jag förstås inte till mina arbetskamrater, jag svarade i stället vagt och undvikande när de frågade.

De verkade tro att jag var rädd för storstaden eftersom jag kom från landet, och jag lät dem tro det.

Kaféet besöktes av ett antal stamgäster, ett gäng byggjobbare som hade sin arbetsplats i närheten, en del tanter, mammor med barnvagnar och så en ung man, som kom in några gånger i veckan och beställde kaffe och ostsmörgås. Han lyckades alltid dyka upp när de andra hade matrast och det bara var jag i serveringen. Det brukade inte vara så många gäster vid den tiden, det var för sent för lunch, och för tidigt för eftermiddagskaffe, så det föll sig naturligt att vi efter hand började prata med varandra. Mattias, som jag fick veta att han hette, var väldigt försiktig, och jag ännu mer, inte minst för att det fanns en tydlig spänning mellan oss.

En dag frågade han om jag ville följa med på bio. Jag blev överrumplad, inte av frågan, jag hade anat att han förr eller senare skulle komma med någon sorts invit, men jag var inte beredd på det intensiva obehag jag kände. Jag lyckades nog inte heller dölja det för han såg plötsligt förskräckt ut och modifierade snabbt förslaget till något mer obestämt.

Jag ville inte alls gå på bio med honom, jag ville överhuvudtaget inte att vår kontakt skulle lämna det trygga och avgränsade kaféet. Den oskyldiga relation som vi hade där var just vad jag önskade mig. Det gav en känsla av sammanhang som jag alltmer längtade efter, men jag insåg också att det skulle ta slut om jag inte gick med på att gå ett steg längre. Han skulle förlora intresset, och välja en annan plats för att dricka kaffe, så trots oron som öppnade sig runt mig, tackade jag till slut ja.

Vi gick på bio och jag satt bredvid honom, stel som en pinne, fylld av onda aningar. Jag fick inget sammanhang av filmen eftersom jag hela tiden måste titta i ögonvrån åt hans håll, så att jag skulle vara beredd. Men han var mycket artig och korrekt, och försökte inte ens ta min hand, förmodligen för att jag utstrålade sådan olust.

Jag hoppades att det katastrofala biobesöket hade avskräckt honom från fler sådana påhitt, men när han veckan därefter kom in och beställde sitt kaffe var han hjärtligare än någonsin. Jag visste inte om det skulle göra mig lättad eller bekymrad, jag spelade bara med, låtsades som om ingenting hade hänt.

Med tiden blev det fler biobesök, och jag upptäckte att jag tyckte om Mattias sällskap även utanför kaféet, men bara till en viss gräns. Han fick inte ta i mig, på sin höjd hålla mig i handen. Det satt i kroppen, den ryggade för all form av beröring. Det verkade till en början inte göra honom någonting. Han var väldigt tålmodig på ett sätt som jag inte trodde var möjligt. Mina erfarenheter hemifrån var att ingen kille lade ned så mycket tid på en flicka om han inte fick komma nära. Jag undrade varför han inte bara gav upp. Det var fascinerande och påminde på något sätt om det sjukliga intresse alla en gång hade visat Krymplingen.

Vårt umgänge gick från bio till middagar, och därefter hemmakvällar i hans lilla lägenhet. När vi var där ensamma kände jag hans kvävande förväntningar växa. Han ville hela tiden ha mer, mer än de försiktiga trevandena på soffan, men jag kunde inte. Så fort han försökte klä av mig, eller bara sticka in händerna under mina kläder, ryckte jag till och drog mig undan. Han frågade aldrig varför jag var så skygg, men han trodde kanske bara att jag var oerfaren.

Steg för steg ledde han mig i alla fall mot det oundvikliga, och till slut insåg jag att det inte gick att skjuta upp längre. Han lirkade så gott det gick, men till slut var han ändå tvungen att använda styrka. Alla mina muskler var spända, jag blundade hårt och bet ihop käkarna när jag inte längre kunde trycka samman benen. Det gjorde inte direkt ont, men det var obehagligt, och det fick mig att minnas allt så tydligt. Mattias hårdförhet och närgångna ansikte fick det att kännas på samma sätt som då, jag var skyddslös och exponerad, naken i ordets värsta bemärkelse, när man inte längre kan gömma sig, freda sig, när man är helt utlämnad till omvärlden, en omvärld man inte alls litar på. Jag ville bara att han skulle bli klar så fort som möjligt.

Efter det tyckte han att det var fritt fram, och jag kände mig tvingad att ställa upp. Det gick oftast ganska fort, och känslan av utsatthet blev svagare med tiden. Alltihop blev bara ännu en vardaglig rutin som jag vande mig vid, och även om jag inte såg fram emot det så var jag i alla fall inte längre rädd. Jag var alltid passiv och stilla, men han ifrågasatte inte, krävde inte mer av mig, så det var väl på det sättet han tyckte att jag skulle vara.

Jag hade inga förhoppningar om att det skulle kännas bättre tillsammans med någon annan, och absolut inga planer på att utforska sådana möjligheter, så när Mattias föreslog att jag skulle lämna mitt hyresrum och flytta in hos honom gjorde jag det.

Jag hade slutat på kaféet, och börjat jobba på ett sjukhus. Jag var på väg därifrån en kväll i oktober. Det blåste och regnade så det var inte många människor ute. Jag hade just passerat S:t Eriksbron, kurande under mitt paraply när jag fick se en gestalt på andra sidan gatan, en man, sned och förvriden, som hasade fram längs trottoaren. Trots att det säkert var femtio meter mellan oss kände jag omedelbart igen honom, och min första impuls var att springa över till andra sidan, men det var svårt att ta sig över just där jag var, eftersom gatan var bred och bilarna i hög fart fräste fram i regnet. Han var på väg åt motsatt håll, så jag bytte riktning och skyndade efter honom på min sida av gatan i väntan på ett övergångsställe. Jag fick gå ganska långt innan jag hittade ett, och då hade han redan vikit av in på en sidogata.

Jag sprang över vägbanan och tillbaka mot tvärgatan där jag hade sett honom försvinna, orolig att han skulle hinna in i en port innan jag kom fram. När jag åter fick syn på honom, tänkte jag först ropa, men visste inte vad. Vad ville jag honom egentligen? Han kände tydligen att någon följde efter honom för just då vände han sig mödosamt om. Jag var inte säker på att han kände igen mig där i mörkret mellan husen i det hällande regnet som ytterligare försämrade sikten, men han vände sig i alla fall inte bort utan vi tittade på varandra på avstånd, väntade på vad den andra skulle göra.

Jag gick försiktigt närmare. Det var första gången jag såg honom sedan den där helgen, och det hade gått flera år sedan dess. Han var förändrad, mer luggsliten nu än tidigare. Han var magrare och kantigare, kläderna hängde på honom, håret var stripigt och vått av regnet.

Någonting sjönk ihop inom mig när jag såg honom och jag kände mig plötsligt sorgsen. Det enda jag kunde tänka var att jag hade övergett honom, svikit honom.

Jag frågade vart han var på väg. Han pekade uppåt gatan, han hoppades att han skulle kunna övernatta hos en jobbarkompis.

"Följ med mig hem", sa jag innan jag hade hunnit tänka efter.

Han tvekade lite, men det tog inte lång stund att övertala honom. Jag gav honom mitt paraply, trots att han redan var genomvåt, och ledde honom nedåt gatan mot tunnelbanan. Jag tittade förläget på honom med jämna mellanrum, väntade på att han skulle säga något. Han gjorde samma sak.

Mattias såg djupt ogillande ut när han öppnade dörren och såg mig i sällskap med denna märkliga, krokiga individ, och jag ångrade nästan mitt beslut. Där ute på gatan i regnet hade det känts rätt, men här inne i ljuset var det tydligt att Krymplingen var en främling. Det droppade från hans kläder så att det bildades en pöl på golvet. Jag hade också märkt att den där ljuvliga lukten som jag mindes från dansgolvet i en annan värld var helt borta. Han luktade unket och otvättat så att jag instinktivt ville rygga baklänges, men jag kämpade med mig själv för att inte visa hur motbjudande det var att vara nära honom.

Jag sa till Mattias att det var en barndomsvän, men han verkade inte tro mig. Jag sa att han behövde hjälp, han hade ingenstans att ta vägen. Mattias såg skeptisk ut, men invände i alla fall inte.

Krymplingen stod kvar i hallen och tittade sig osäkert omkring. Han hade handen på handtaget som om han tänkte gå igen. Jag hjälpte honom av med rocken. Den var genomblöt, och jag stod en stund med den i handen, villrådig, visste inte var jag skulle göra av den, ville inte hänga den i närheten av våra kläder, men gjorde till slut ändå det. Utan ytterkläder såg han snedare och magrare ut än någonsin. Jag föreslog att han kanske ville gå in i badrummet innan vi skulle sätta oss och äta.

Medan Krymplingen var därinne frågade Mattias sammanbitet hur länge jag hade tänkt att han skulle stanna.

Jag hade aldrig sett Mattias så irriterad förut. Det var ju faktiskt inte min lägenhet, påpekade han vasst. Jag hade kanske kunnat fråga honom innan jag började ta hem människor som han inte kände. Vad visste jag egentligen om den här personen? Jag svarade inte, men tänkte trotsigt att han var skyldig mig för alla gånger jag hade ställt upp när han kände sig kåt.

Mattias lånade motvilligt ut lite gamla, avlagda kläder, mest för att han inte ville att Krymplingens paltor skulle förorena möblerna.

Middagen blev väldigt stel. Mattias frågade hur vi kände varandra. Krymplingen tittade oroligt på mig, och jag sa att vi hade gått på samma skola. Sedan började jag prata om en helt ointressant grej som hade hänt på jobbet bara för att Mattias inte skulle ställa fler frågor, och det gjorde han inte, men han tittade vaksamt på mig från andra sidan bordet.

Efter middagen bäddade jag åt Krymplingen på soffan. Vi tittade skyggt på varandra innan jag gick in i sovrummet och stängde dörren.

När jag vaknade nästa morgon hade Mattias redan gått till jobbet. I vardagsrummet satt Krymplingen med filten runt sig i soffan. Jag hade trott att det skulle kännas mindre konstigt att umgås med honom utan Mattias, men så blev det inte. Jag var nervös, visste inte vad jag skulle säga. I stället gick jag ut i köket och stekte ägg och potatis, dukade fram frukost. Han åt med god aptit, jag kunde knappt få i mig en macka. Sedan satt vi och tittade oss generat omkring igen, rädda att få ögonkontakt.

"Så var jobbar du någonstans", fick jag ur mig efter en lång stund.

En fantasilös, ytlig fråga, som om vår bekantskap inte betydde någonting, som om vi hade haft ett fullständigt odramatiskt förflutet. Han måste ha uppfattat det bisarra i min replik för han skrattade till och tittade ned i golvet. Han berättade att han jobbade på ett lager, men att det inte hade blivit som han hoppats att flytta till Stockholm. Han tyckte att staden var för stor, han kände sig ensam, lika ensam som därhemma.

Jag tittade tvivlande på honom.

"Men du slipper ju... de andra."

Jag ville inte nämna någon vid namn, rädd att det skulle väcka upp dem, återkalla dem till min värld igen. Och framför allt ville jag inte leda in honom på vägen mot min största fasa, det som hände den där helgen. Han tittade på mig en lång stund, allvarligt men inte anklagande.

Vi sa nästan ingenting efter det, men tystnaden blev aldrig besvärande, tvärtom kände jag mig lugn och trygg, nästan glad. Det fanns ett samförstånd som inte behövde uttalas. Jag plockade undan, han bäddade soffan så gott det gick, vi gjorde oss i ordning för att gå till jobbet. En lång rad vardagliga, enkla uppgifter som vi verkade ha genomfört sida vid sida under lång tid, så självklart kändes det.

På kvällen ville Mattias ha besked. Krymplingen, som jobbade ett sent pass, hade inte hunnit tillbaka och jag sa att han kunde väl få stanna några dagar till, det handlade ju bara om övernattningar på soffan, i övrigt var han knappt där. Jag insåg att jag nästan lät bönfallande, men jag såg redan fram emot nästa förmiddag när jag åter skulle få vara ensam med honom.

Mattias tittade misstänksamt på mig, han tyckte att Krymplingen redan hade stannat för länge. Varför kände jag ett sådant ansvar för honom? Jag svarade undvikande att jag bara inte ville kasta ut honom på gatan.

Den tredje dagen tappade jag upp ett bad till honom efter frukost, och när jag kom in i badrummet med handdukar höll han på att klä av sig. Jag stod och stirrade på honom och hans nakenhet utan att försöka dölja det. Han försökte inte heller gå undan eller skyla sig. Han lät mig studera honom ingående men på avstånd. Det var egentligen inte hans kropp jag observerade, det var min egen reaktion jag väntade på, men oron som dittills hade förföljt mig var borta.

Det såg märkligt ut när hans böjda, pinade rygg buktade ut och upp över det luftiga, lätta badskummet. Han tittade på mig, blinkande, förtröstansfullt, som en fågelunge. Jag satte mig ned bredvid badkaret. Efter en stund tog jag en tvättlapp, doppade den i vattnet och gned in den med tvål. Jag tvättade hans hår, ansikte och hals, hans bröst och magra rygg, där kotorna spretade och tänjde ut huden. De verkade nästan skava därunder.

Jag lade darrande handen mot den spända ryggraden. Då gav han ifrån sig ett ljud, ett oroligt gnyende, som om han trodde att jag tänkte skada honom. Jag placerade försiktigt även den andra handen på hans rygg och lät fingrarna sakta smeka över huden.

"Vad har de gjort med dig."

Jag var inte säker på om jag tänkte det eller sa det högt.

Efter badet placerade jag honom på en stol och började reda ut hans toviga hår och klippa det så gott det gick. Han satt alldeles stilla med slutna ögon. Jag vädrade så omärkligt jag kunde efter hans lukt, sökte efter spår av den, men kände bara doften av tvål som hade dränkt allting annat. När jag försiktigt drog bort handduken med de avklippta hårtestarna från hans axlar blottades den knotiga ryggen igen. Jag började åter stryka med händerna försiktigt över hans hud. Jag lät fingrarna vandra nedför halsen och bröstkorgen. Jag var fascinerad över hur slät han var, han hade inte ett hårstrå på överkroppen, knappt ens under armarna, och huden var len som ett barns. Jag böjde mig ned över honom och kysste hans axlar, hans hals, den deformerade ryggen. Han rörde sig oroligt, protesterade, försökte vända sig bort. Jag var en annans, en som han inte kunde mäta sig med. Jag hejdade mig, men bara för att han bad mig. Jag ville fortsätta röra vid honom, och framför allt ville jag att han skulle röra mig. Det hade jag aldrig känt med Mattias.

Den kvällen åt vi middag tillsammans alla tre. Jag gick runt bordet och serverade maten. När jag hade lagt upp åt Krymplingen kunde jag inte låta bli att stryka med handen över hans ena axel. Jag tyckte att det var en snabb, svepande rörelse som lika gärna kunde ha varit ett försök att ta bort ett hårstrå eller något som fastnat vid hans tröja, men när jag satte mig ned fick jag en iskall blick av Mattias. Jag försökte se oskyldig ut, men insåg att jag rodnade.

Jag undvek Krymplingen resten av kvällen, vågade knappt svara när han sa något, jag var så orolig att kroppen skulle förråda mig. När han hade krupit ihop under filtarna på soffan, och jag hade stängt sovrumsdörren bakom mig kom Mattias omedelbart fram. Han kysste mig aggressivt, pressade in tungan i min mun så att jag nästan fick kväljningar. Han smakade surt. Jag försökte vända mig bort, kände mig äcklad, och generad. En vanlig dag hade han kanske uppfattat det som ett försiktigt nej och backat, men den här gången drev det bara på honom. Han knäppte upp mina byxor och försökte dra ned dem. Jag protesterade. Inte med Krymplingen i rummet intill.

"Varför inte", frågade Mattias hätskt.

Han undrade om vi hade varit ihop eftersom jag var så mån om honom. Han blev alltmer hånfull, sa att han hade trott att jag var en normal flicka. Aldrig hade han kunnat drömma om att det var kroppsliga defekter som jag tände på. Han kutade med ryggen för att härma Krymplingen, förvred ansiktet i en grimas och började stånka och fnysa. Jag sa åt honom att sluta. Mattias pressade in sin hand mellan mina ben och väste:

"Är det han därinne som har gjort dig våt?"

Jag protesterade igen, men inte så ljudligt, jag ville inte att Krymplingen skulle höra. Mattias drog tillbaka handen, knuffade ned mig på sängen och lade sig ovanpå med hela sin tyngd. Han ålade sig till rätt position, lirkade ned trosorna och pressade sig in i mig medan han stönade ljudligt. Det gjorde ont, men jag sa ingenting. Mattias fortsatte stöta. Jag var tacksam över att jag låg på mage så att jag åtminstone slapp se hans ansikte. Det tog bara ett par minuter innan det var över. När han var klar reste han sig och gick in i badrummet utan att säga något. Jag brydde mig inte ens om att tvätta av mig, kröp bara ihop under täcket, besegrad och plundrad.

Nästa morgon när jag kom ut i vardagsrummet var Krymplingen borta.

Kapitel 9

Jag minns första gången jag träffade Krymplingens dotter. Jag hade fasat för det. Jag såg henne som min rival, och hon agerade precis som en sådan. Hon var bara tonåring men hennes svartsjuka var fullvuxen. Ingen fick göra anspråk på hennes pappa. Att mamman hade lämnat honom många år tidigare och tagit henne med sig spelade ingen roll. De hade fortfarande äganderätten.

Matilda hälsade knappt på mig, och jag kände hennes ogillande blickar som nålstick över hela kroppen. Hon fick mig att svettas av obehag. Hon var ett större hot än någon annan, och jag ville stoppa henne innan hon hade förstört allt för mig.

Krymplingen påverkades av den stegrade spänningen, han vågade knappt röra någon av oss när den andra tittade på. En gång när han bara leende tog min hand och kramade den tittade hon ursinnigt på oss och gick sedan omedelbart ut ur rummet och smällde igen dörren.

Jag höll mig hela tiden i närheten av honom, försökte röra honom så fort jag fick tillfälle för att visa henne att jag kunde, att det till och med var min rättighet, men jag kände motståndet och ovilligheten i hans muskler och han sneglade hela tiden oroligt mot sin dotter som om han måste ha hennes godkännande för varje rörelse. Då blev jag mer provocerande och lade handen på hans ben, högt upp, nära ljumsken, för att markera att där gick gränsen för henne. Hon stirrade på min hand, tyst och befallande. Snart skulle han känna sig tvingad att flytta den och dra sig undan. Hon kunde enbart med blicken få honom att lyda. Den makten hade inte jag, och det gjorde mig rasande. Jag ville ta den ifrån henne, och jag utmanade henne närhelst jag kunde.

Eftersom våra dueller eskalerade försökte Krymplingen minimera de tillfällen vi träffades, säkert för att skona alla parter, men han var troligen den enda som verkligen led av vår fiendskap. Varken Matilda eller jag hade egentligen några invändningar mot relationens art, strider var inte främmande för någon av oss.

Hon hade ingenting emot att hennes mamma hade hittat en ny man efter Krymplingen, eftersom hon då inte betraktade män som rivaler. De var troféer, ju svårare att fånga desto mer eftertraktade.

Jag tror att hon räknade med att jag skulle ge upp ganska snabbt för att jag månade om hans bästa och för att striderna med henne avskräckte för mycket. Men uppoffringens tid var förbi för min del, och även om den inte hade varit det så hade jag aldrig låtit henne vinna. På något sätt väckte hon starkare känslor i mig än hennes pappa.

Min obeveklighet hetsade henne, men den verkade också inge någon form av respekt, och möjligen även en motvillig beundran. Matilda kunde alltid få sin mamma att vika sig. Det här var en ny situation för henne. Kanske var det just omedgörligheten som fick henne att se mig som en värdig motståndare.

Hon hade, som alla tonåringar, ett omåttligt behov av uppmärksamhet, men inte från vem som helst. Det skulle vara vuxna män. Pojkar i hennes egen ålder fnös hon bara åt. Det enda som kunde beveka henne när det gällde dem var ifall de avgudade henne på avstånd, då kunde hon ge dem ett avmätt leende, men där gick gränsen.

Hon var inte ens arton år när hon började träffa män som säkert var dubbelt så gamla och presenterade dem för oss som sina pojkvänner. Krymplingen såg varje gång lika bekymrad ut. Han var orolig för att hon skulle bli utnyttjad, men jag såg nog vem som skulle utnyttjas.

Hon tittade knappt på sin pappa medan hon lät pojkvännen hantera henne. Däremot iakttog hon mig hemlighetsfullt, som om det var hon och jag som egentligen hade den viktigaste relationen i familjen.

Jag kunde inte avgöra vad hon var ute efter, om det var en inbjudan till strid eller om hon sökte mitt godkännande. När jag som svar tog Krymplingens hand blev hon upprörd. Hela kroppen stelnade till och hon slog ilsket bort varje försök till kärleksfullhet från pojkvännen. Besöket avslutades sedan tvärt utan någon egentlig förklaring, och killen var snart dumpad. Varje gång det hände var jag nöjd med att ha fått henne ur balans, men det irriterade mig att jag inte helt kunde genomskåda henne.

Inte oväntat ledde Matildas förbindelser till att hon blev med barn. Det var ingenting hon försökte smyga med. Hon gjorde snabbt klart för oss att hon inte tänkte behålla det. En unge skulle förstöra hennes liv. När hon sa det blev jag oerhört upprörd, och ville spontant slå till henne. Samtidigt var jag förvånad över min egen reaktion eftersom jag egentligen hade samma uppfattning som hon.

Jag erbjöd mig att följa med henne när hon skulle göra abort. Krymplingen var mycket tacksam för det, han trodde att det var början till en efterlängtad vapenvila. Min plan var i stället att utnyttja den situation hon befann sig i till att ge henne skuldkänslor och försöka knäcka henne om jag kunde. Jag drevs av någon sorts morbid nyfikenhet, men min avsikt att väcka hennes samvete misslyckades. Innan hon skulle gå in gick det knappt att säga någonting till henne. Hon var irriterad på att jag var där. Det var inte min uppgift, inte mitt ansvar.

"Var är din mamma då?", frågade jag spydigt.

Hon mumlade något om att hon klarade sig själv, men sa sedan inget mer utan övergick till att bara sitta och sura tills det blev hennes tur.

Jag satt länge och väntade på henne, studerade de andra i väntrummet, bläddrade i några intetsägande tidningar som låg på ett bord utan att få något sammanhang av det jag läste. Jag kände mig rastlös, och ville helst av allt gå därifrån. Det var varmt och kvavt, och luktade svagt av vanilj, vilket fick mig att må illa.

Jag hade förväntat mig att hon skulle vara, om inte glad, så åtminstone lättad eller mindre betryckt, men hon kom ut storgråtande. Jag blev kallsvettig, visste inte vad jag skulle göra. Jag hade inga planer på att ta i henne, men det skulle jag nog tvingas göra för vid sidan om henne gick en barnmorska med bekymrad min. Hon log när hon fick se mig och berömde mig för att jag hade följt med min dotter som stöd. Varken jag eller Matilda orkade rätta henne.

Barnmorskan pratade på. För de allra flesta var aborten ett väl genomtänkt beslut, men man kunde ändå inte förutsäga hur varje person skulle reagera. Matilda ville inte prata med någon, men jag fick en lapp med ett namn och ett telefonnummer ifall det skulle behövas professionell hjälp senare.

Jag lade min hand försiktigt på Matildas axel, och hon smög sig omedelbart närmare. Jag stelnade till, men märkligt nog dämpades olusten jag kände av att ha henne så nära inpå mig. Det var hennes lukt. Den påminde inte om Krymplingens, men den var ändå inbjudande och behaglig. Den spred ett lugn omkring sig. Men hennes hulkande gråt skrämde mig. Jag var rädd att den skulle påverka mig, smyga sig på mig som hon hade gjort och avväpna mig.

Jag kände igen hennes förtvivlan, men jag hade inte haft någon att gråta mot när jag var i samma ålder och behövde det. Jag hade varit ensam då, helt ensam. Jag hade inte ens haft en elak styvmor att vända mig till. Var det därför jag ville att hon skulle lida som jag hade lidit? Det var inte något rimligt skäl, inte på något sätt, men det var ändå vad som krävdes för att det skulle bli rättvist. Varje tendens till medlidande tryckte jag effektivt undan.

Jag hade kanske kunnat prata med henne om min egen olycka, försökt bygga en bro mellan oss, men jag ville inte känna igen mig, jag ville inte bli påmind om det jag hade varit med om, och jag ville inte erkänna att vi hade mer gemensamt än vad som skilde oss åt. Jag var förhärdad, och nu skulle hon få veta hur det kändes att vara ensam och utsatt.

Jag höll min hand på hennes axel, det var allt jag förmådde göra, och jag höll bara kvar den för syns skull tills vi hade lämnat sjukhuset och ingen längre kunde se oss. Det enda jag hade tänkt göra var att följa med henne dit och därifrån, inte mer, men nu såg det ut som om jag skulle bli tvungen att ta hand om henne hela dagen.

Trots att hon sökte sig till mig kände jag mig som en inkräktare, en obehörig som inte hade rätt att se henne i detta tillstånd. Det kändes fel att bevittna hennes svaghet. Det besvärade mig, även om det från början hade varit mitt syfte att på ett fult sätt kapa åt mig en fördel i vårt inbördes krig. Men varje gång jag var på väg att mjukna, på väg att släppa in henne, var det som om en röst påminde mig om att hon inte hade valt mig av fri vilja. Om hon inte hade varit så förtvivlad hade det aldrig hänt. Hon var tvingad av omständigheterna, och eftersom det inte var hennes uppriktiga val var det inte heller fel av mig att avvisa henne. Det sa jag till mig själv och det kändes helt rimligt just då.

Jag skjutsade henne hem, och under bilresan frågade jag faktiskt hur det var med henne, för det var värre att sitta tyst och lyssna på de långa, hackande snyftningarna som hennes gråt hade förvandlats till.

Hon gjorde inte som hon brukade, hon varken ignorerade mig eller brusade upp, utan svarade med låg röst att det var det värsta hon hade varit med om, och att hon ångrade sig innan det ens var klart. Jag hade kunnat säga något snusförnuftigt om att det inte tjänar något till att gräma sig och att allt ordnar sig till slut. Det hade säkert retat upp henne, men det var falskt, och ovärdigt en sann motståndare.

Jag sa i stället att det var bra att hon var ledsen, det visade att hon hade lärt sig något. Hon tittade tvivlande på mig. Jag stirrade envist på vägbanan, ovillig att möta hennes blick i backspegeln, men bara för att jag ville dölja det triumferande uttryck som måste prägla mitt ansikte.

Jag hade fått rätt, och hon visste det. Dessutom kunde jag gömma min småskurenhet bakom det jag sa, så att jag i stället verkade både storsint och klok. Jag var en bluff, men det hade fört mig till seger. För första gången kände jag ett verkligt övertag över Krymplingens dotter, men i samma stund som jag konstaterade det var känslan av tillfredsställelse borta.

Kapitel 10

Jag lämnade Mattias så fort jag hade någon annanstans att ta vägen. Det mesta av min vakna tid gick därefter till jobb och att säkerställa att jag hade tak över huvudet, men jag var fast besluten att hitta Krymplingen igen. Jag lokaliserade lagret där han jobbade, och sedan var det bara att åka dit så ofta jag kunde och vänta.

En dag såg jag honom komma ut genom portarna och linka bort längs vägen. Jag hade föreställt mig att jag skulle springa fram och kasta mig om halsen på honom, som i en film, men i stället gömde jag mig bakom en parkerad bil. Jag kände mig plötsligt rädd och förvirrad. Efter en liten stund gick jag ut på vägen, och fortsatte i rask takt åt motsatt håll.

Jag upprepade detta ytterligare en gång innan jag vågade följa efter honom, och till slut hinna upp honom innan vi var framme vid tunnelbanan. Jag visste inte vad jag skulle säga, jag bara stod där och stirrade, log inte ens. Han sa ingenting heller, och började strax gå igen. Jag följde med, gick bredvid honom på vägen, satt bredvid honom på tåget, följde med honom hem, till en minimal etta i ett anonymt höghusområde.

Efter det tillbringade jag all ledig tid med Krymplingen. Jag hade ett starkt fysiskt behov av att vara nära honom, och jag saknade honom på ett närmast patologiskt sätt när vi inte var tillsammans. Det värkte i musklerna när jag tvingades släppa honom, men den längtan som kroppen kände hade väldigt lite med sex att göra. Visserligen sov jag hos honom varje natt, kröp ihop bredvid honom, men det var närheten som vi båda sökte. Det andra var bara något som hände. Det kändes fortfarande som ett intrång, och det störde mig att även Krymplingen fick mig att uppleva det. Jag hade trott att det skulle bli helt annorlunda med honom.

Vi verkade länge bara ha behov av varandra, men till slut inträdde ändå ett tillstånd av upprepning som inte bara var tryggt utan även till viss del enformigt, och det var nog då vi började upptäcka saker hos varandra som inte var så smickrande.

Jag hade varit fascinerad av Krymplingens lugn i alla situationer, att han trots allt spott och spe verkade ha accepterat sitt utseende och sin lott i livet utan bitterhet, men det visade sig inte vara fullt så enkelt. Jämnmodet var något han visade upp för omvärlden, ett försvar, men innanför murarna var det betydligt mer kaotiskt än jag hade kunnat föreställa mig.

Han hade perioder av nedstämdhet, och då gick det knappt att få kontakt med honom, han ville inte prata om någonting. Han kunde plötsligt gå ut utan att säga vart han skulle, och när han kom tillbaka flera timmar senare var han lika förtegen. Ju mer jag sträckte mig efter honom desto mer höll han sig undan. Jag hade nog trott att min närvaro i hans liv skulle mildra missmodet, men när det inte verkade spela någon roll om jag var där eller inte, blev jag besviken och sårad.

Under de perioder han mådde bättre och var mer pratsam sa jag ingenting, jag ville inte förstöra det fina vi hade. Det var enklare att skjuta upp det, intala mig att ord bara skulle öka avståndet. Det var andra former av kontakt som skulle hela oss. Och dessutom vilade vår gemensamma historia, ett gigantiskt sovande odjur, mellan oss. Jag ville för allt i världen inte väcka det, för det var omöjligt att säga vad som skulle hända då.

Till slut berättade han. Han sa att han inte stod ut med hur folk såg honom. Trots att jag kände hans historia blev jag förvånad, kunde inte förstå. Förföljelsen därhemma var väl en sak, men här i storstaden var allting annorlunda. Jag var väldigt ivrig att försöka bevisa att det han tyckte sig ha sett eller hört bara var en missuppfattning, ett undantag i sämsta fall. Men det verkade som om mina sinnen hade varit blockerade tidigare, för nu gick allt in helt ocensurerat, och det var bländande tydligt att folk tittade, pekade ibland till och med.

När jag inte kunde motbevisa honom övergick jag till att bagatellisera det. Vi behövde inte bry oss om vad andra sa, vad andra tyckte. Vi hade varandra, det räckte väl? Han såg tvivlande på mig. Det handlade inte längre bara om vad andra tyckte, men jag valde att inte se det.

Därefter kunde minsta fniss eller blick få honom ur balans. Det blev en prövning att bara ge sig ut på en promenad. Han kröp ihop som ett hunsat barn för att undkomma folks blickar, men det gjorde i stället hans kropp ännu mer iögonenfallande. Det fanns inget sätt att gömma det som han så förtvivlat försökte dölja.

Det spelade ingen roll att det han såg och hörde var lindrigt jämfört med det som han en gång i tiden hade tvingats genomleva. Allt var annorlunda nu. Han kände sig inte längre avvikande, men ändå tvingades han in i samma förnedrande roll, han var fortfarande Krymplingen. Han ville inte höra dem säga det, och framför allt inte låta mig höra det, då skulle jag snart se honom med deras ögon, och han skulle förlora allt.

En gång när vi kom hem efter att några hade skrattat åt honom, gick han sammanbitet in i badrummet, den enda del av lägenheten där man kunde stänga en dörr om sig.

När han kom ut en stund senare, med blött, rufsigt hår efter att ha tagit ett bad, gick jag fram till honom, men han gled omedelbart undan. Han satte sig ned vänd ifrån mig och torkade håret med en handduk. Jag gick fram till honom igen och lade händerna på hans axlar. Han ryckte till och försökte klumpigt flytta sig ifrån mig. Jag struntade i det, masserade varsamt hans nacke, men han spände trotsigt musklerna och efter en stund tog jag bort händerna.

Jag hade kunnat säga att det inte var något att bry sig om, att det bara var några idioter som hade skrattat, men det var inte det han ville höra. Han ville att jag skulle ge honom rätt, och kanske också tillstå att det inte var konstigt att de hade hånat honom för han såg ju bedrövlig ut, och det var bara en tidsfråga innan även jag skulle inse det.

Kapitel 11

Gatan, det var dit min blick sökte sig när grannarnas märkliga beteenden blev för mycket. Jag betraktade den som en frizon. Det som hände där verkade inte ha något samband med det som utspelade sig i trädgårdarna och husen runt omkring. Gatan var skild från dem på samma sätt som de var skilda från varandra, planeter i olika delar av solsystemet, utan kontakt, omedvetna om omgivningen.

På gatan var människorna anonyma, de höll sig på avstånd och försökte inte ta sig in i min tillvaro. Jag kände mig lugn just för att de endast passerade. Vissa dagar kunde det vara en strid ström av människor, alla på väg åt samma håll i samma tempo, som i tunnelbanan i rusningstid. Det var besynnerligt att så många gick förbi detta avsides belägna bostadsområde vid samma tid, som djur drivna av en instinkt de inte kan ignorera, målmedvetna, men utan vetskap om vad som väntar.

Det var känslan de gav mig, att de var på väg, på samma gång likgiltigt och ivrigt, utan insikt.

Andra dagar var gatan tom, inte en enda människa visade sig. Det var så ödsligt att man undrade om husen som kantade den alls var bebodda. Sådana dagar verkade mörkare, i ett tillstånd av ständig skymning. Jag undvek att titta dit då, föredrog grannarna trots allt. Den tysta gatan var alltför olycksbådande.

Men oftast passerade folk bara till synes sporadiskt som de gör på vilken gata som helst. Jag kunde försjunka i deras stilla rörelser, men tyckte efter ett tag att jag såg en rytm i dem, det verkade finnas ett inbördes samband. Jag började anteckna vilka som passerade och när, och hittade snart ett mönster. Om två medelålders män närmade sig från vänster kom alltid en äldre dam från höger och därefter två barn från vänster. Eller om två unga kvinnor var på väg uppför backen mötte de halvvägs till krönet alltid en äldre man och strax efter en äldre kvinna.

Gatan var full av dessa upprepningar som avlöste varandra dagarna igenom. Det var fascinerande hur allting uppträdde med sådan exakt regelbundenhet. Efter ett tag kunde jag precis förutsäga vad som skulle hända. Det var min egen lilla värld, mitt tittskåp med miniatyrer av människor som rörde sig i en komplicerad struktur.

Till en början funderade jag mycket över dem, vilka de var och hur deras liv såg ut när de inte passerade förbi mitt hus. Men med tiden blev rutinerna på gatan närmast sövande, och då förvandlades de från individer till spelpjäser på ett bräde, alltmer anonyma. Jag föreställde mig att deras liv endast bestod av planlagda promenad-vägar, inte bara längs den här gatan, utan även andra. Jag tänkte mig att alla följde en särskild ba-na beroende på var i livet de befann sig, barnen hade sin egen rutt, unga en annan, äldre ytter-ligare en, alla ingick i ett större mönster som ingen enskild kunde överblicka, men alla gjorde me-kaniskt sin del, medvetet eller omedvetet. Ingen var egentligen på väg någonstans, det enda viktiga var att de följde sin egen bana, och inte avvek.

En dag visade sig en ny person som jag inte kände igen från tidigare. Det var en ung kvinna som kom gående längs gatan. Hon passade inte in i det mönster som jag trodde mig ha hittat, och trots att jag vid det laget var uttråkad och bara öns-kade mig en förändring, något som störde ord-ningen, blev jag irriterad över hennes plötsliga uppdykande.

Jag tog fram kikaren, som jag ibland använde för att identifiera de olika personerna på gatan, och insåg då att den unga kvinnan var jag, fast en yngre version av mig. Trots det absurda i iakttagel-sen var jag inte alls förvånad. Jag fortsatte att observera mig själv, kategorisera mig själv, som jag skulle ha gjort med vilken förbipasserande som helst.

Kroppshållningen och den beslutsamma minen indikerade att jag hade ett mål, en uppgift, något viktigt som skulle genomföras. Jag tittade mig inte lugnt och svepande omkring som om jag var ute på en promenad. Blicken var riktad rakt fram, och verkade inte notera omgivningen, men plötsligt stannade mitt unga jag vid min egen grind och tittade upp mot huset.

Jag önskade häftigt och intensivt att hon, eller jag, skulle öppna grinden och gå in i trädgården. Jag upprepade min önskan för mig själv så att det jag som stod därutanför måste förstå, vi var ju ändå en och samma, även om vi tydligen hade två kroppar. Vi hade redan brutit mönstret, det fanns ingenting att förlora. Men hon tvekade. Jag såg mig själv titta upp mot huset, avvaktande, som om jag sökte efter något. Ett tecken, det var det jag behövde för att bestämma mig för att gå vidare. Jag lyfte spontant handen till en försiktig hälsning. Den yngre versionen av mig kisade upp mot fönstret en kort stund, men gick sedan vidare, långsammare än tidigare, men lika bestämt.

Besvikelsen var obeskrivlig. Hade jag gjort fel? Hade hon inte sett mig? Eller var det för att hon hade sett mig som hon gick sin väg? Frågorna surrade i huvudet. Jag gick in i sovrummet, lade mig på sängen med ansiktet mot väggen, ville inte se mer av omvärlden.

Det gick ett par dagar och sedan återvände mitt unga jag, vid samma tidpunkt som tidigare och med samma beslutsamma steg som snabbt saktade in och stannade utanför grinden. Trots att hon gick sin väg förra gången, lyfte jag åter handen till en hälsning. Hon tittade upp mot mig som förra gången, och började sedan gå igen. Jag försökte stoppa henne, knackade desperat på fönstret, hårdare och hårdare, men hon reagerade inte, fortsatte bara att gå i maklig takt.

Nästa gång den yngre versionen av mig stannade vid grinden gjorde jag ingenting, stod bara orörlig vid fönstret. Hon tittade upp på mig, väntande, uttryckslöst. Vi stod så en lång stund tills jag åter lyfte handen till en hälsning. Hon noterade det, och gick.

Vi upprepade detta med ett par dagars mellanrum under en längre tid. Mitt medvetande var så beroende av denna trygga rutin att jag började oroa mig för att mitt unga jag inte skulle återvända till grinden. Varje gång hon sedan gjorde det kände jag en enorm lättnad, men den var ytterst kortvarig, snart började oron gnaga på nytt. Jag hade insett att jag inte längre var en åskådare, jag hade själv blivit en del av det som styrde människorna på gatan, och det skrämde mig.

När hon gick förbi nästa gång stod jag i fönstret på nedervåningen i stället. Där brukar jag aldrig vara eftersom jag känner mig otrygg och sårbar nära marken. Jag längtade till övervåningen där jag har överblick, men jag kände att jag måste förändra något för att komma vidare, komma närmare. Jag höjde som vanligt handen till en hälsning, och då log hon helt oväntat mot mig innan hon gick igen.

Jag fortsatte stå vid fönstret på nedervåningen de dagar hon gick förbi. Jag fortsatte vinka, men inte som en hälsning, utan en inbjudan. Jag ville att hon skulle komma närmare, men hon stod bara kvar och log innan hon fortsatte gå.

Vi upprepade våra nya rörelser i veckor, månader kanske, jag hade förlorat den allmänna uppfattningen om tid, och börjat mäta den på ett nytt sätt utifrån de dagar när den yngre versionen av mig kom förbi.

Ibland blev jag ivrig, och försökte forcera utvecklingen, lägga till rörelser, vinka till henne mer uppenbart, men då bromsade hon. Leendet som jag först hade uppfattat som uppmuntran ändrades gradvis, det blev alltmer avvaktande och till slut avvisande. Ju mer jag försökte få kontakt desto mer avståndstagande blev hon, så jag återgick till min försynta vinkning, endast en lyft hand, ingenting yvigt, och stämningen normaliserades, leendet återtog sin tidigare karaktär.

En dag lade mitt unga jag handen på grinden och tryckte upp den. Hon stod i öppningen, men gick inte in. Det fanns ingen tvekan i hennes ansiktsuttryck men hon närmade sig ändå inte huset. Det nya beteendet upprepades igen och igen. Jag log och vinkade med lite mer rörelse än tidigare för att uppmuntra henne.

Sakta men säkert kom hon allt närmare, men varje steg upprepades under lång tid innan det var dags för nästa. Även om jag blev otålig av det långsamma förloppet var jag försiktig med vad jag gjorde för att inte skrämma bort henne. Och trots att jag närapå haft obegränsat med tid att förbereda mig var jag fortfarande osäker på vad jag skulle göra om hon nådde huset och ringde på.

Till slut var vi så nära varandra att jag tydligt kunde studera hennes ansiktsuttryck där hon stod. Hon såg spänd och förväntansfull ut, en spegelbild av mina egna känslor. Jag undrade varför hon var på väg till mig, och om hon visste att jag var hon, den hon en gång skulle bli. Det avslöjade hennes ansikte ingenting om. Jag såg mig själv, och kände igen mig själv, men jag stod ändå framför en främling.

En dag hade hon nått fram till dörren. Jag stod fortfarande vid fönstret, för att kunna se vad hon gjorde, och för att inte ta nästa steg förrän det var dags. Det var mitt unga jag som hade styrt hela händelseutvecklingen. Det var på grund av henne som jag hade tvingats vänta, men jag hade accepterat det och snart skulle jag få min belöning.

Det dröjde ytterligare en tid innan hon ringde på, och ända tills hon faktiskt gjorde det tvivlade jag på att det någonsin skulle ske. Hon hade lika gärna kunnat gå och aldrig mer återkomma. Hon, eller snarare jag, var undantaget som det egentligen inte fanns plats för.

Bävande och förhoppningsfullt gick jag fram till dörren och öppnade. Handen på handtaget darrade. Jag stod innanför dörren och samtidigt utanför, öga mot öga med mitt unga jag. Det var jag, och det var inte jag, för även om jag kände igen henne som mig själv hade jag inte tillgång till hennes tankar. Jag visste inte hur hon såg mig.

Mitt unga jag sa ingenting, frågade inte efter någon, fortsatte bara att titta på mig. Minspelet avslöjade hennes omedelbara känslor: osäkerhet, förhoppning, rädsla. De var tydliga för mig kanske för att jag själv just då upplevde samma sak. Men igenkännande? Jag var inte säker. Jag hade så många frågor, men kunde inte uttrycka någonting med ord.

Vi sa ingenting till varandra, väntade båda på att den andra skulle ta initiativet. Jag visste att jag inte hade lång stund på mig innan hon skulle vända sig om och gå igen, kanske för sista gången. Men det hjälpte inte, jag förstod inte hur jag skulle göra, hur jag skulle närma mig henne. Hon hade kommit till mig, men jag kunde inte ta emot henne. Hon var å sin sida lika oförmögen att göra något.

Vi kom aldrig längre än så. Vi var slutgiltigt låsta av varandras tvekan. När hon inte kunde ta det sista steget var även jag orörlig, fängslad i vårt samspel, hindrad av det. Jag hade hela tiden trott att vi samarbetade, men det var bara en upptrappning utan mål. Vi ingick i ett spel som byggde på upprepning, inte uppfyllelse, och vi hade själva skapat det. Hon inledde, jag följde efter, styrd av övertygelsen att strukturen redan var fastställd, och att jag var maktlös.

Kapitel 12

Krymplingen hade fått kontakt med en läkare som skulle försöka göra något åt hans rygg. Han berättade det ivrigt en kväll när vi skulle äta middag. Han sa att han hade kontaktat flera, men att alla var mycket skeptiska. Det var tydligt att de flesta såg honom som ett hopplöst fall. Till slut hade han ändå fått napp, en person som hade en teori om vad som kunde göras, även om den inte var testad i praktiken. Läkaren hade aldrig förut träffat någon med Krymplingens märkliga missbildning. Det fanns en chans att det skulle lyckas, men det var inte säkert.

Jag sa nej direkt, det var för riskabelt. Men när jag högljutt protesterade mot hans planer kände jag att det inte enbart var omtanken om honom som fick mig att reagera så starkt. Jag var övertygad om att jag aldrig skulle se honom på samma sätt efteråt. Han skulle förvandlas till någon jag inte längre kände igen, en främling som jag inte visste om jag kunde lita på. Även hans bild av mig skulle så småningom förändras om han bytte skepnad.

Han var besviken över mitt svar, sa att han hade trott att jag om någon skulle vara på hans sida. Han ville bara se ut som alla andra, slippa känna sig anskrämlig och avvikande, men det skulle jag aldrig förstå eftersom jag inte var utsatt för deras stirrande, deras häcklande. Jag var redan som dem, men det insåg jag tydligen inte heller.

Då ilsknade jag till. Jag visste nog vad det ville säga att vara utstött, och därför var det fullständigt obegripligt för mig hur han kunde riskera allt för dem. Så fort man försökte beveka dem genom att göra som de ville så bytte de ståndpunkt. Då krävde de att man skulle göra något annat för att bli accepterad. Om han började inrätta sitt liv efter deras åsikter ägde de honom och de skulle aldrig släppa taget, de skulle aldrig sluta ställa absurda krav på honom. Hur kunde han lita mer på dem än på mig?

Han berättade att han alltid hade fantiserat om ett annat yttre, men tidigare skulle en sådan åtgärd inte ha ändrat någonting. På vår lilla hemort skulle de inte ha sett honom som normal, även om han plötsligt såg normal ut. Där hade han alltid varit Krymplingen, och det skulle han förbli även om utseendet ändrades.

Han beskyllde mig för att vara egoistisk, och jag beskyllde honom för att straffa mig, den enda som

accepterade honom som han var. Det var en före-
ställning vi spelade upp, dag efter dag, med samma
repliker som upprepades i en bestämd ordning. Det
fanns inget sätt att komma ur det, även när ankla-
gelserna hade förlorat sin innebörd och bara var
ord som ovillkorligen måste upprepas.

Mellan striderna höll han avståndet. Det var
svårt att gömma sig någonstans i den lilla ettan,
men han lyckades göra sig oåtkomlig. Jag led av
att förvägras den kravlösa närhet som hade fört oss
samman, men jag var samtidigt väl medveten om
att jag hade kunnat få den tillbaka.

Jag hade kunnat få allting tillbaka om jag bara
slutade kräva att han skulle avstå från operatio-
nen. Jag gömde mig bakom hedersamma argu-
ment, men innerst inne visste jag att han hade rätt,
jag var egoistisk. Det var inte för hans skull jag sa
nej, det var för min egen. Jag missunnade honom
egentligen inte att få känna sig normal, det råkade
bara komma i konflikt med mina egna behov. Jag
behövde hans förvridna kropp, det var hans rygg
jag kände igen mig i. Kanske var den det viktigaste
vi hade gemensamt. Jag var förvissad om att jag
aldrig skulle kunna känna samma sak för honom
om han såg ut som alla andra, men det fanns inget
hänsynsfullt sätt att säga det på.

En dag kom han hem och förklarade att allt var
klart, han skulle genomgå operationen. Trots våra
meningsmotsättningar var han upprymd och trod-
de kanske trots allt att jag skulle dras med i det

allmänna jublet när det inte längre fanns någonting att diskutera, men jag kunde inte glädjas med honom. Så fort han berättade det för mig kände jag hur allting rasade ihop. Jag skulle förlora honom, det fanns ingen återvändo.

När jag inte ens kunde le för hans skull blev han arg. Han hade hoppats att jag till slut skulle ge med mig. Han stod inte längre ut med att vara svajig och sned, det var inte så han kände sig. Han hade tappat tålamodet med kroppen. Han var fångad i ett skal som var hårt och stelt och hämmade alla rörelser. Det måste få ett slut.

Och så blev det. Han gick mot sin nya framtid, sin raka, stolta, leende framtid, och jag låg på marken utan att kunna ta mig upp. Sanningen var att jag lika gärna kunde ligga kvar för jag ville ingenting längre, brydde mig inte om någonting. Men av ren trots var jag tvungen att in i det sista visa mitt motstånd, så jag vände honom ryggen, och i mina svartaste stunder hoppades jag att operationen skulle misslyckas så att jag skulle få rätt, och han skulle straffas för sin fåfänga.

Kapitel 13

Mamma var beroende av pappa i allt. Han försörjde henne, och hon ägnade i gengäld sin tid åt att behaga honom, men jag minns inte att jag någonsin såg eller hörde honom visa henne uppskattning för det. Han suckade irriterat åt hennes omsorger, han hade minsann inte bett om att hon ständigt skulle göra sig till. Men om det var något hon glömde i sin iver att vara till lags så gnällde han givetvis över det. Det var ju hennes uppgift att ta hand om honom, så varför kunde hon inte göra det ordentligt?

Pappa var snarstucken och klagade ofta, inte bara på mamma, på orättvisa chefer, illojala arbetskamrater, korkade grannar. Han klagade i stort sett på alla, utom på mig. Mig ignorerade han i stället. Det var som ett hån att han hade fått en dotter, en varelse som han mer eller mindre betraktade som sin egen motsats, med en kropp som gjorde honom olustig och som bara skulle bli mer främmande med åren. Det var provocerande att jag överhuvudtaget hade blivit född. Han ville ha en pojke. Pojkar förstod han sig på, dem kunde han befalla eller slå till om de inte lydde. Vad gjorde man med en flicka? Det fick mamma sköta.

Jag växte upp i skuggan av deras hopplösa relation, men motsättningarna blev inte uppenbara för mig förrän jag kom upp i tonåren. Pappa påpekade då allt oftare att de bara hade ansvar för mig tills jag blev myndig sedan fick jag klara mig själv, jag hade redan kostat honom tillräckligt.

Det blev allt tydligare för mig att mamma försökte bli godkänd av pappa, men han tillät inte det. När hon tog hans parti öppet mot mig viftade han genast bort henne. Han ansåg visserligen att det var hennes uppgift att hålla med honom, men bara tyst. Han ville inte ha uttalat medhåll från henne, det drog ned hans auktoritet.

Hon fann sig i det, och tyckte väl inte att hon hade någon rätt att säga åt honom även om hon måste ha känt sig illa behandlad. Med tiden började hon alltmer rikta sin frustration mot mig, den enda människa som hon hade makt över, men hon formulerade det alltid som att jag hade gjort pappa besviken, hon bråkade med mig för att han var missnöjd.

När jag var liten hade jag stor respekt för pappa, men hans uttalanden blev med åren bara tomma ord, och när jag insåg det fick jag ett oväntat övertag. När jag kunde rikta in mig på hans litenhet, hans ofullkomlighet, blev han alltmer trängd, och jag bet mig fast. Jag skulle krossa den bild av honom som han försökte upprätthålla, och jag kände mig oövervinnelig.

Hans förment sakliga hållning till livet kunde kanske lura mamma, men inte mig. När han började en utläggning för att visa vem som visste bäst tändes en låga i hans ögon som direkt avslöjade honom. Han var ett offer för sina egna drömmar. Han berättade visserligen aldrig högt vad de innehöll, men hans sätt att föra sig var så genomsyrat av dem att jag kunde se allt framför mig. Det fanns en plats, en upphöjd plats, varifrån han skulle delge alla sin uppfattning, som inte var någon uppfattning alls, utan sanningen. Den hade uppenbarat sig endast för honom, och alla andra skulle vara tvungna att lyssna.

Jag må ha varit ung och naiv, men jag var ändå den som såg nyktrast på tillvaron av oss två. Jag kanske drömde om ett annat liv ibland, men jag gjorde mig aldrig några illusioner om att vara utvald för stordåd. Trots det överskattade jag min egen förmåga, eller underskattade hans, han hade trots allt genomlevt decennier på samma arbetsplats med ständiga konflikter att hantera. Jag var bara en skolflicka som hade fått nog. Det var en ojämn kamp som mamma inte visste hur hon skulle förhålla sig till.

Jag försökte locka över henne till min sida, där hon kunde få ett verkligt värde. Men hon tvekade, hon visste att pappa skulle straffa illojalitet, och hon var inte säker på vad jag egentligen kunde erbjuda. Det var för osäkert. Men under den tiden av strid mellan mig och min far kom jag ändå mamma närmare. Jag hade rubbat maktbalansen därhemma, och det kunde ha blivit början på en verklig förändring. Men sedan hände det som inte fick hända, jag blev förälskad i Krymplingen och fick ta straffet för det.

Pappa, som hade börjat oroa sig för mina angrepp på honom, använde snabbt mitt livs motgång till att återta sin position som husets herre. Mamma var kluven, men till slut hade han övertalat henne. Jag hade gått för långt, skämt ut familjen. Han kunde få in en poäng på henne också eftersom det var hennes bristfälliga uppfostran som hade lett fram till det. Jag var hennes ansvar och hon hade misslyckats.

Jag tyckte att alla hans anklagelser borde ha fått henne att ilskna till och protestera, men med så många år av samma upprepade beteende lagrat i kroppen och hjärnan klarade hon inte att gå utanför de gränser han hade satt upp för henne.

Den natten när jag kom hem, vilsen och förstörd, efter att de hade gett sig på mig i Krymplingens stuga, visade mamma ändå någon form av medkänsla. Hon var orolig och rädd på ett sätt som man förväntar sig att en mamma ska vara. Hon vacklade fortfarande mellan mig och pappa, och jag hade en svag men växande känsla av att hon ville välja mig. Från att bara ha utnyttjat henne som en bricka i spelet, började jag se henne på ett annat sätt, som en likasinnad, en förtrogen. Vi närmade oss varandra försiktigt, osäkert, ingen av oss visste om vi verkligen vågade lita på den andra.

När hon på natten mötte mig i vadderad nylonmorgonrock förstod hon direkt att något hade hänt, och började förhöra mig. Hon gjorde varm mjölk till mig, men hyssjade hela tiden oroligt så att jag skulle vara tyst och inte väcka pappa.

Jag berättade ingenting för henne. Jag ville inte att hon skulle få veta att också jag var svag och kunde luras, utnyttjas och förrådas. Jag var rädd att hon skulle överge mig, inte för det som hade inträffat, utan för att hon skulle inse att jag inte kunde stoppa förtrycket därhemma, jag var bara en upprorisk tonåring som slog vilt åt alla håll. Jag försökte till och med le för att övertyga henne, le medan tårar strömmade nedför mina kinder, le fast jag egentligen ville skrika tills all luft tog slut.

Hon förstod kanske redan då, men hon kunde inte heller säga det. Hon surrade runt mig som en envis fluga, orolig å ena sidan för mig, å andra sidan för vad han skulle säga. Det var inte ovillkorlig tröst, men det var så nära medlidande hon kunde komma.

Jag sa att jag bara ville vara ifred, att jag ville sova så skulle allt bli bättre nästa dag. Då ville hon hjälpa mig till sängen, men jag övertalade henne att i stället gå och lägga sig. Jag ville inte att hon skulle se mig, se eventuella märken på min kropp.

Då skulle jag vara avslöjad. Jag ville inte heller själv se vilka spår de hade lämnat efter sig så jag släckte lampan och klädde av mig snabbt. Jag uppfattade bara att trosorna var mörka av blod. Jag lade mig ned men jag kunde inte sova. Jag kunde inte blunda, då var de över mig igen. Jag låg hopkrupen under täcket och skakade, hackade tänder som om det var mycket kallt.

Till slut smög jag upp och duschade för att få kroppen att slappna av. I den varma vattenstrålen kände jag en kort stunds lugn, men så fort jag klev ur badkaret började jag skaka igen. Jag lindade in mig i två badlakan och lade mig under täcket. Jag hörde mamma utanför dörren, viskande, undrade om jag var vaken, men jag låtsades att jag redan hade somnat.

Nästa morgon närmast ryckte hon upp mig ur sängen. Där kunde jag inte ligga och slöa. Det var skola, och jag måste skynda mig om jag inte skulle bli försenad. Jag var förvirrad över hennes förvandling, den skrämde mig. Hon såg mer beslutsam ut än jag någonsin sett henne tidigare. Hon hade bestämt sig, och hon ville göra det klart för mig. Hon till och med härmade pappa, försökte sig på hans sätt att prata. Då ville jag trycka upp de blodiga trosorna i ansiktet på henne och detaljerat berätta vad som hade hänt kvällen innan, men jag skämdes för mycket.

Vi var tillbaka i våra gamla roller. Jag skrek åt henne att jag inte tänkte göra någonting, jag tänkte aldrig mer gå till skolan. Hon stelnade till, och det där osäkra var tillbaka i blicken. Hade hon gjort rätt? Så återfick hon kontrollen, och fnös föraktfullt åt mitt utbrott, men det var allt hon förmådde göra. Hon sa ingenting mer, tjatade inte om skolan, lät bara blicken svepa över rummet som om hon aldrig hade sett det förut och ville skaffa sig en överblick. Sedan vände hon och gick ut.

Det dröjde bara några timmar innan alla visste vad som hade hänt, eller snarare trodde att de visste. De hade hört historierna som tog sig fram som en löpeld i det lilla samhället. Jag låg fortfarande i sängen och vägrade röra mig, men jag hörde att mamma pratade med någon i telefon. Jag hörde förskräckta utrop, och jag anade vad det handlade om.

Jag som hade gjort allt för att dölja det, trodde att de också skulle göra det. Men det var tydligt att de inte litade på mig. De hade redan spritt historierna. Jag visste ännu inte vad de innehöll, men jag kunde på ett ungefär föreställa mig. En uppväxt med skrönor om Krymplingen hade lärt mig det mesta om hur sådant gick till. Han skulle säkert också vara inblandad i de nya historierna, men bara i en biroll för att understryka det skandalösa i mitt uppförande. Det skulle inte finnas någon chans att ta mitt parti, att tycka synd om mig. Det var nödvändigt att jag utmålades som äcklig.

Mamma hade avslutat samtalet och stod i dörröppningen till mitt rum. Det var svårt att avgöra vad hon tänkte för hennes ansikte verkade ha förändrats, uttrycket var både oroligt och osäkert, men inte på något sätt jag kände igen från tidigare.

"Är det sant?", frågade hon darrande.

Jag svarade kort att det troligen inte var det.

Då blev hon arg. Hon tyckte att jag var nonchalant, och att jag verkligen inte hade råd med det. Struntade jag helt i vad som hände? Jag försökte förklara för henne att historierna bara var påhitt som de andra hade spritt ut för att ta uppmärksamheten från sig själva. Mamma tittade misstroget på mig. Varför skulle någon ljuga om en sådan sak?

"För att de våldtog mig", skrek jag.

Men hon hade fått nog av mina utbrott. Det här var en värld som hon inte var redo för.

"De är ju dina kamrater", sa hon.

Det skulle vara en anklagelse, men rösten var svag, utan övertygelse.

Då bestämde jag mig för att trots allt göra något. Jag anmälde dem. Men det var redan för sent, jag möttes närapå av hånskratt. Det viktigaste med mitt initiativ var egentligen inte att de andra skulle åka dit, även om jag naturligtvis ville ge igen. Det som bultade genom huvudet på vägen till polisen var att mamma skulle tro mig, att någon skulle ta mitt parti, någon som hade visat sig värdig, någon som hade offrat något för mig. Jag hade sett hennes tvekan, och satte allt hopp till den, men när jag kom tillbaka efter ännu ett nederlag tog hon emot mig med förakt. Det var som om hon var tvungen att överdriva motviljan mot mig så att hon inte skulle ge efter igen.

Därefter stängde jag in mig på mitt rum och pratade inte med någon, men jag gjorde ett nytt försök att väcka hennes medlidande genom att vägra äta. Hon struntade i det först, men efter någon dag kom de första tecknen på oro, även om hon försökte dölja dem bakom irritation.

Pappa verkade känna att en ny maktstrid var på väg att blossa upp, och satte sig i sinnet att kväva den så fort som möjligt. Han trodde att det räckte att som vanligt agera överlägsen och nedlåtande. Han förbjöd mamma att lirka med mig. För honom fick jag gärna svälta ihjäl, det skulle bara minska hans problem. Men efter nästan en vecka, när mitt fysiska tillstånd hade gjort mamma så distraherad att hon inte kunde koncentrera sig helhjärtat på sina dagliga uppgifter, beslutade han sig för att ingripa. Han skulle visa oss båda hur man hanterar trilskande ungar.

Han trängde sig in på mitt rum, slet upp mig från sängen och försökte med fingrarna bända upp min mun, men jag lyckades i stället bita honom ordentligt. Han kämpade med mig, tog i så att svetten bröt fram i pannan, och jag kände den sura lukten av hans frustration. Jag hörde honom muttra, men kunde inte urskilja orden.

Han satt med ena benet placerat över mina lår så att jag inte skulle kunna resa mig, och höll fast mig med ena armen medan han försökte tvinga in sked efter sked med mat i min mun. Jag spjärnade emot, bet ihop käkarna, och när han ändå lyckades få in en sked spottade jag omedelbart ut det på honom. Ju mer jag spottade ut desto mer försökte han skyffla in, till en början bestämt, men sedan alltmer okontrollerat. Hans mumlande blev tydligare, till ord och meningar en mycket kort stund innan de på nytt passerade en gräns och övergick till ett ihållande rytande.

Han kunde inte upprätthålla sin behärskade framtoning. Jag hade fått honom att förlora kontrollen. Hans nakna desperation var exponerad, och det räckte för mig just då. Det gav mig kraft att bända bort armen runt mig, fösa undan benet och resa mig. Jag gick ut i köket och frågade mamma om jag kunde få något att äta.

Pappa tog ändå åt sig äran för att jag slutade matvägra, men både mamma och jag visste sanningen. Vi hade ett hemligt samförstånd om det, men hon sträckte inte ut handen mot mig igen. Det var mer som stod på spel än pappas välvillighet. Hon ville behålla sin plats i samhället och andra vuxna pressade henne.

Mamma undvek att visa sig i min närhet när andra kunde se oss, men när hon skulle storhandla hade hon inget val eftersom hon behövde hjälp att bära. Oron över deras reaktioner och hur hon skulle hantera dem tog kontroll över hennes kropp. Hon försökte röra sig lätt och ledigt, men det såg bara ryckigt och nervöst ut. När andra närmade sig brukade hon låtsas att jag inte var med, trots att alla öppet stirrade på mig med en blandning av förväntan och avsmak. Ibland försökte hon i stället behandla mig som pappa behandlade henne, kommenderade runt mig, men utan auktoritet i rösten.

Jag motstod många impulser att genera henne där inne i affären, knuffa henne mot en hylla så att saker skulle ramla i golvet och ljudet av krossat glas få alla att vända sig om och stirra på henne. Ett tag njöt jag av att känna den makten över henne, att jag när som helst skulle kunna skämma ut henne igen, och att hon förmodligen fruktade det mer än alla de andra.

En dag, när jag inte orkade höra hennes ordergivning, stötte jag faktiskt till henne så omilt jag kunde, och hon föll handlöst in i en hylla med konserver. Burkarna rasade ned och började rulla runt. Mammas blick irrade längs golvet som för att räkna dem så att ingen skulle komma bort. Sedan kastade hon sig efter dem för att plocka upp så många som möjligt innan någon såg vad som hade hänt. Hon verkade helt ha glömt bort mig, och att det var jag som hade orsakat det hela. Jag kände en plötslig ömhet för henne där hon stod på alla fyra, förtvivlat letande, och jag gick själv ned på knä bredvid henne för att hjälpa till att plocka upp burkarna.

Kapitel 14

Jag var som bedövad, utförde allting på ett robotliknande, mekaniskt sätt nästan utan att vara medveten om det. Jag vaknade, åkte till jobbet, gjorde det jag skulle där tills det var dags att åka hem, åt en torftig middag, tittade på tv tills det var dags att sova. Trots den uppenbara enformigheten fick den dagliga rutinen till slut någon sorts mening. Det kändes betydelsefullt att den utfördes noggrant, att jag inte slarvade, det här var ju min enda uppgift. Men jag orkade inte med andra människor. Det enda de gjorde var att påminna mig om det jag saknade, det jag hade misslyckats med, och det gjorde mig tung och trött.

Jag försökte lägga så mycket tid jag kunde mellan mig och det som hade hänt med Krymplingen för att de vassa kanterna kanske till slut skulle nötas ned och det inte längre skulle vara lika smärtsamt. Med åren förändrades längtan efter honom, den blev tunnare och ljusare. Den försvann inte, men den förvandlades så småningom till ett lätt skimmer, en del av varje dag så självklar att jag slutade reflektera över den.

Jag intalade mig att Krymplingen var ett avslutat kapitel, men i min självvalda ensamhet hade han i stället kommit närmare, det fanns ingen annan att tänka på, ingen annan som konkurrerade om min uppmärksamhet. Allt det som hade separerat oss krympte och blev ovidkommande medan de goda minnena förstorades och lade sig som ett täcke över alltihop. Det framstod alltmer som ett vansinnigt beslut att vi hade gått skilda vägar. Vi hörde ju ihop, det var oundvikligt.

En lördag passerade jag genom Kungsträdgården. Omgivningen var fylld av bländande hud och körsbärsblommor. Vinterbleka ansikten möttes i myllret. Jag kände mig ovanligt tillfreds med tillvaron och satte mig ned på en bänk. Jag slöt ögonen för att njuta av solskenet en stund, men slumrade nog till för jag kände mig nästan vimmelkantig när jag åter öppnade dem.

Först kände jag inte igen honom trots att hans ansikte var i det närmaste oförändrat. Det var kroppen som förvirrade mig.

Den sneda, krokiga gestalten hade förvandlats till något andra skulle kalla normalt, kanske till och med attraktivt. Man såg visserligen att han inte var så rörlig, han förflyttade sig stelt och haltade lite, men i övrigt var han som vem som helst, en i mängden.

När jag insåg att det var Krymplingen som stod där, kanske bara tio meter ifrån mig, högg det till någonstans inuti och en behaglig värme spred sig i magtrakten. Jag tvingades tillstå att hans nya kropp inte hade förändrat någonting för mig, det kändes fortfarande på samma sätt som tidigare att se honom. Jag var just på väg att ge mig till känna, vinka, och ropa hans namn, när jag upptäckte att han inte var ensam. Han haltade fram till en kvinna och omfamnade henne. Hon var gravid, det syntes tydligt. Hon såg upp på honom och log, lyfte försiktigt sin hand och lät fingrarna stryka över hans kind, följa hans ansiktes konturer.

Jag stelnade till. Värmen från solen förvandlades plötsligt till isande kyla. Någonting oformligt och hotande skar som en kniv genom nuet, strimlade det framför mina ögon. Jag kunde inte längre se honom i sin helhet, han föll sönder tillsammans med det som omgav honom, och yrde runt mig som kronbladen från körsbärsblommor, men utan det skira och ljusa. Jag kunde inte se någonting annat än det vilda virvlandet runt mig, och jag reste mig hukande och smög undan, sökte skydd i närheten av ett hus. Jag stod där tryckt mot fasaden medan stormen lade sig och omvärlden långsamt hittade tillbaka.

Sedan såg jag Krymplingen och hans kvinna passera hand i hand. Deras omtänksamhet och obekymrade harmoni fick mig först att känna mig ihålig, men sedan blev jag fullständigt rasande. Det var som om han hade stulit ifrån mig. Allt det jag saknade hade han tagit och gett till någon annan. Trots att det var min egen omedgörlighet som hade drivit bort honom var jag omåttligt upprörd över att han hade svikit mig. Han hade gått vidare, men jag hade inte förmått göra det. Jag stod fortfarande kvar och hoppades, fantiserade godtroget om att vi skulle bli ett par igen, kanske till och med en familj. Kollisionen med verkligheten blev för mycket. Jag kunde inte acceptera det. Av ren självbevarelsedrift lade jag all skuld på honom, och trots att jag helst hade velat springa därifrån började jag i stället följa efter dem på avstånd.

Att avsky och anklaga Krymplingen gav mig oanad kraft, och för att behålla den energi som motståndet och oförsonligheten ändå gav närde jag min egen illvilja. Han kunde inte nöja sig med mig, han skulle prompt ha hela världen. Han hade svikit på alla upptänkliga sätt, han hade gjort om sin kropp för att beveka och locka andra, och när han nu var oåtkomlig bland dem verkade han helt ha glömt sin egen historia. I mitt huvud beskyllde jag honom till och med för att jag själv hade idealiserat honom. Jag radade upp anklagelserna inombords som besvärjelser medan jag förföljde dem längs gator och torg. Till slut letade de sig mot en tunnelbanenedgång och jag skyndade mig närmare för att inte förlora dem ur sikte.

När jag mer eller mindre rusade in på stationen upptäckte jag till min förskräckelse att de hade stannat till och verkade vara på väg att vända sig om för att gå tillbaka. Jag stod helt oskyddad innanför dörrarna med bankande hjärta. Vad skulle jag göra om de fick syn på mig? Men det var bara hon som vände sig om, och hon gjorde det för att slå armarna om Krymplingen och kyssa honom. Sedan gick de hand i hand längre in i stationshallen.

Jag slank in genom dörren till en matbutik till vänster om mig, tog en korg och började på darriga ben gå runt bland hyllorna. Jag plockade ned varor mest på måfå för att lugna ned mig och skingra tankarna. När jag inte längre kunde se Krymplingen och den där kvinnan kändes det hela så overkligt. Jag hade följt efter dem som en hämndens ängel, som en galen människa, utan att egentligen veta varför, kanske bara av makaber nyfikenhet. Till slut hade jag i alla fall tvingats stå öga mot öga med deras samhörighet och inse vilken betydelselös figur jag själv hade förvandlats till. Det hade övertygat mig, jag ville aldrig se dem igen, och jag tog god tid på mig att handla för att de skulle hinna lämna stationen innan jag kom ut ur affären.

Men när jag en stund senare med en välfylld kasse klev på rulltrappan ned mot tågen visade det sig att de inte alls hade hunnit så långt. Kanske femton trappsteg nedanför mig stod de, hon ett steg ovanför honom. Hon lutade sig leende framåt och viskade något i hans öra. När jag såg det vaknade den där vreden igen.

Mellan oss stod ett antal personer uppradade i trappan. Jag hann bara tänka att de påminde om dominobrickor innan det hände.

Jag släppte plötsligt matkassen som jag hade i handen, jag tappade den inte, jag släppte greppet om den och burkar och förpackningar rullade ut i trappan. När jag böjde mig ned för att försöka nå några av dem stötte jag avsiktligt till kvinnan som stod framför mig. Hon hade också böjt sig ned för att hjälpa mig att ta upp något som låg vid hennes fötter. Det hela verkade som en olyckshändelse. Jag bad till och med om ursäkt för min klumpighet, men jag kände att mina rörelser var mycket yvigare och kraftfullare än de behövde vara. Kvinnan tappade balansen och föll handlöst in i personen framför. Han vinglade i sin tur till och stötte till nästa.

Rörelsen fortplantade sig nedför trappan och nådde efter några sekunder Krymplingen. Han hade vid det laget försökt vända sig om för att se vad som utspelade sig längre upp, men den stela ryggen gjorde att han måste vrida hela kroppen, och just när han hade släppt ledstången vacklade hans gravida flickvän till eftersom personen ovanför råkat knuffa till henne i sina försök att hålla balansen. Hon stötte till den ostadiga Krymplingen när hon försökte få tag i något att hålla sig i, men det fanns ingen på trappstegen nedanför honom så han var den första som helt förlorade fotfästet.

Folk skrek och viftade med armarna, och någon där nere hade tydligen sinnesnärvaro att trycka på nödstoppsknappen för helt plötsligt stannade rulltrappan. Människor sprang fram för att se hur det hade gått för Krymplingen. Jag kunde inte längre se honom för all uppståndelse.

I det ögonblick han ramlade hade jag känt något som påminde om triumf. Jag hade vunnit över honom. Han hade visserligen lämnat mig bakom sig, men jag hade fortfarande makt att påverka hans öde. Han var bunden till mig eftersom jag var bunden till honom, han kunde inte komma undan.

Sedan fick tanken på hans fall hela mitt inre att knycklas ihop. Det gjorde så ont att jag knappt kunde andas, men jag gjorde mitt bästa för att dölja det. Jag ville gå fram och hjälpa honom, jaga bort alla de andra, de hade ingenting där att göra. Han var mitt ansvar, bara mitt. Det var jag som skulle ta hand om honom, men det var omöjligt nu.

Jag var rädd att bli igenkänd, rädd att någon skulle inse kopplingen mellan oss, och att allt skulle avslöjas, men det var inte det som stoppade mig. Jag hade själv dragit gränsen mellan oss, jag hade själv ställt mig vid sidan om. Det fanns inget sätt att ta sig tillbaka, ingen osynlig dörr jag kunde öppna och inträda i gemenskapen igen. Jag hade valt att betrakta honom som en främling, en person jag kunde hata och anklaga utan konsekvenser.

Jag kunde inte gå fram till honom, för det som hade hänt var mitt fel. Samtidigt var jag full av invändningar och bortförklaringar. Jag hade ju egentligen inte gjort någonting aktivt, ingenting medvetet, kroppen hade handlat på eget bevåg. Jag hade släppt taget om en matkasse, möjligen puttat till någon, inte hårt, men tillräckligt för att sätta i gång hela händelseförloppet.

När jag nådde trappans botten såg jag mina varor som hade samlats där. Ett mjölkpaket hade gått sönder och innehållet pulserade sakta ut. En burk tomater hade också spruckit och en röd, kletig sörja bredde ut sig över det nedersta trappsteget. Jag tog ett stort kliv över röran, jag ville inte att någon skulle förknippa mig med de olycksaliga matvarorna.

Ögonblicket av berusande makt var över. Jag hade ingen plats i det som nu utspelade sig. Det var ingen som frågade efter min hjälp, ingen som anklagade mig för att ha startat den lavin som ledde till Krymplingens fall, ingen som ens noterade mig. Jag hade lika gärna kunnat vara osynlig. Det var på något sätt det värsta. Jag hade ingen roll att spela längre i hans liv. Jag var överflödig, oviktig, ointressant vid sidan av de människor som nu hjälpte honom.

Jag kunde fortfarande inte se honom, men jag stod en stund och betraktade personerna som omgav honom innan jag långsamt började gå igen, tog rulltrappan upp. Jag var tömd på allt. Jag hade till slut förlorat honom, och samtidigt hade jag förlorat mig själv. Jag kände mig i alla fall fullkomligt främmande inför mina egna hatiska tankar som tidigare på något obegripligt sätt hade gett mig kraft.

Kapitel 15

Ljuset kommer från öster, och därför borde det kanske vara hoppets väderstreck, men jag ser bara förfall, förfall och försummelse. Så har det varit ända sedan jag och Krymplingen en gång flyttade hit. Vi betraktade granntomten i öster mer eller mindre som allmänning för ingen verkade äga den eller vistas på den.

Ödetomten var förvildad och igenväxt och det gjordes aldrig några försök att röja upp där eller sälja marken trots att det säkert inte skulle saknas spekulanter.

Det fanns också ett hus i den vildvuxna trädgården, ett trähus i en blek, obestämd kulör som inte verkade ha underhållits på decennier för färgen flagnade, och en del plankor hade lossnat så att man såg isoleringen därunder. Huset hade inte en hel fönsterruta. Det hade stått tomt så länge att ingen av grannarna, inte ens de äldsta, kunde minnas vem som hade bott där senast eller när.

Själv tyckte jag att det var lugnande med ett obebott hus, inga grannar som gjorde märkliga saker. Men en eftermiddag när jag satt vid österfönstret och höll på att somna till tyckte jag att jag såg någon i huset. Först trodde jag att det var den inrullande slummern som hade lurat mig, men en stund senare när jag var klarvaken såg jag det igen, tydligt, ett ansikte i ett av fönstren. Det var inte bara en skugga eller en siluett eller trädens lövverk, det var en människas anletsdrag.

Jag hade även tidigare, när Krymplingen levde, skymtat saker i huset, figurer som rörde sig, eller i alla fall rörelser. Men varje gång som jag ivrigt försökte visa honom var de alltid försvunna när han kom fram till fönstret. Han trodde att jag bara inbillade mig, att det jag hade sett var en lös planka eller reflektionerna från en glasskärva i ett av fönstren, och det fick mig att tvivla på mina egna upplevelser.

Den här gången var det dock inte bara en flyktig rörelse, det var ett distinkt ansikte, som jag dessutom tyckte tittade rakt upp mot mig. Jag skyndade mig att hämta kikaren för att kunna studera det närmare, men när jag kom tillbaka fanns ingenting i fönstret, inte tillstymmelse till ansikte eller något annat som påminde om det. Ödehusets fönster var bara ett mörkt hål, jämnt mörkt utan några skiftningar eller nyanser. Jag hade sett ansiktet under så kort tid att jag inte kunde avgöra om det tillhörde en man eller en kvinna eller rentav ett barn. För ovanlighetens skull hade jag velat tala med hemtjänstflickorna, de skulle kanske kunna ge mig en ledtråd till vem eller vad jag hade sett.

På natten väcktes jag av ljud, utdragna jämrande läten som jag först trodde kom från djur, kanske ugglor eller någon annan sorts fåglar. Jag gick upp för att undersöka det hela, och insåg att ljuden kom från ödetomten, som jag knappt kunde skymta i nattens mörker. Trots att jag har bra överblick från mitt fönster en trappa upp tog det en stund för ögonen att hitta husets siluett. Den dröjde sig kvar i skuggorna och verkade inte vilja bli synlig. Jag sökte med blicken efter upphovet till ljuden, och när jag stod vid fönstret hördes det tydligt att det inte var ett djur, för jag kunde också urskilja konturerna av ord i det som jag först tyckte entoniga kvidandet.

Plötsligt öppnades dörren till huset och ut kom ett antal mörka gestalter som släpade på något. Det var en människa, armar och ben kämpade vilt för att komma loss. Gestalterna bar ut personen mot en skåpbil som stod på gatan.

Jag ville banka på rutan, ropa, visa att jag hade sett något, men jag tvekade med handen mot glaset. Snart skulle nog någon annan komma. Men när jag tittade längs gatan såg jag att det inte lyste någon annanstans, inte ett ljus, inte en rörelse kunde jag se. Det var faktiskt så mörkt vid sidorna av vägbanan att det inte gick att avgöra om det fanns några hus där överhuvudtaget.

Ingen noterade vad som försiggick i ödehuset. Jag tyckte att det var märkligt eftersom ingen borde kunna undgå det hemska som försiggick. Det gjorde mig upprörd, hjärtat dunkade häftigt och ojämnt så att jag blev yr när jag såg den ensamma personen bäras mot bilen. Jag måste ingripa på något sätt, det var olidligt att se någon bli bortförd så uppenbart mot sin vilja.

Till slut knackade jag ändå på rutan för att göra dem uppmärksamma på att jag hade sett dem. Jag var redo att gömma mig, men de tittade inte ens åt mitt håll, verkade inte höra mina knackningar. Jag slog hårdare på rutan, hårdare och hårdare så att den till slut skallrade, men de mörka figurerna lät sig inte påverkas. De hörde mig inte, brydde sig i alla fall inte om att jag stod där och bultade. Mina försök att nå uppmärksamhet var dock inte fullständigt förgäves, för personen som de släpade på såg mig. Jag kunde fortfarande inte avgöra om det var en man eller en kvinna, men vi fick ögonkontakt trots avståndet och jag såg rakt in i skräck och hjälplöshet, medan desperationen slog sig fram genom mig.

Människan som bars bort hördes ännu tydligare utanför ödehuset när det inte längre fanns väggar som kunde dämpa ljuden. Det bekymrade dock inte de mörka gestalterna, de verkade säkra på att ingen skulle lägga sig i. Trots att de borde hålla sig i den dunkla utkanten ställde de sig i gatlyktornas sken, nästan utmanande. Men även om de stod i ljuset var det svårt att säga hur de egentligen såg ut, deras utseende var obestämt, de verkade sakna utmärkande drag, de var fortfarande bara gestalter.

De öppnade bakdörrarna till bilen och lassade med gemensamma krafter in personen de bar på. När dörrarna åter var stängda kunde man höra någon skrika där inne, gällt och hjärtskärande, som om den hade mött något fasaväckande i bilens innandöme och fruktade för sitt liv. Men det lät annorlunda än de tidigare ljuden och jag undrade om det var någon annan som gav ifrån sig dessa läten. Vad hade i så fall hänt med personen de just baxat in?

Ingen av gestalterna hade klivit in i bilens bakre del, men när motorn startades och fordonet rullade i väg satt bara en person i förarutrymmet. De andra var försvunna. De måste ha varit minst fem, kanske fler, och nu var de bara borta.

Jag stirrade ned på gatan och kände en hemsk ånger. Jag hade sett de mörka figurerna föra bort en människa mot dess vilja, och jag hade inte gjort någonting för att förhindra det. Jag hade bestämt mig för att inte delta, att inte göra något. Det var ett aktivt val. Jag hade medvetet struntat i en person som behövde mig. Lite bankande på fönsterrutan skulle inte hjälpa någon.

Jag kunde inte somna ordentligt efter det. Jag halvsov och vaknade flera gånger av att jag tyckte att jag kände händer ta tag i min kropp och försöka flytta den. Gestalterna verkade kunna ta sig in var som helst och göra vad de ville. Ingen kunde stoppa dem. Kanske fanns de redan i mitt hem.

Dagen därpå placerade hemtjänstflickorna mig vid österfönstret efter lunchen. De verkade nöjda med sitt val, men så fort de hade lämnat mig flyttade jag. Jag satt hellre och svettades i solen på västsidan än tittade ut mot ödetomten. Jag ville inte se mer av vad som hände där. Känslan av maktlöshet hade gjort mig utmattad, jag ville inte utsätta mig för det igen.

På natten vaknade jag av att jag skrek. Jag kände händer dra i mig och jag kastade mig upp ur sängen redo till försvar. Efter en kort stund insåg jag att det inte var jag som hade skrikit. Ljuden kom på nytt utifrån. Trots min motvilja under dagen gick jag fram till österfönstret. Genom de trasiga rutorna i ödehuset såg jag att en människa var fången där inne. Jag såg hur den skakade sina armar, som verkade fastspända i väggen. Jag kunde inte se de mörka gestalterna. Skåpbilen stod inte heller parkerad på vägen, och det innebar kanske att de inte alls var där.

Den som var fastbunden gav ifrån sig plågade läten. De var mycket tydliga, så tydliga att det lät som om personen befann sig inne i mitt eget hus. Jag kunde inte heller den här gången avgöra om det var en man eller en kvinna, men den detaljen verkade mer och mer oviktig. När jag tittade ned mot fönstret hade jag svårt att urskilja personens utseende, men jag kunde tydligt se uttrycket i ögonen, trots att det borde vara närapå omöjligt med tanke på avståndet. Jag såg rörelser inne i huset, vilket betydde att det fanns fler människor där, men jag kunde inte uppfatta vad de gjorde.

Helt plötsligt gav fången upp ett vrål, som måste vara resultatet av mycket skarp smärta. Det borde ha fått hela grannskapet att omedelbart kasta sig ut för att kontrollera vad som hade hänt, men det förblev lugnt längs gatan. Husen var mörka och tysta. De verkade faktiskt obebodda. När jag tittade ut föreföll deras fönster också vara sönderslagna, trädgårdarna igenväxta. Det fanns egentligen inga tecken på mänskligt liv annat än i mitt eget och i ödehuset.

Jag var ensam, förlamande ensam. Aldrig förut hade jag så starkt saknat andra människor. Disharmonin och min oförmåga att förstå och göra mig förstådd var bagateller i sammanhanget. Jag behövde de andra för att bringa klarhet i vad som hände runt omkring mig, och jag behövde dem för att komma närmare mig själv. Jag kände mig osäker utan dem.

Mina tidigare perioder av isolering, frivilliga och ofrivilliga, hade ändå inkluderat en omvärld. Ensamheten hade alltid varit i förhållande till andra, de fanns där och påminde mig om min utsatthet. Nu upplevde jag den i dess renaste form, den som man inte kan välja bort annat än genom att ta sitt liv. Det var absolut ensamhet, som dessutom var helt påtvingad. Förut hade jag till viss del haft ett val, ett val att inte inordna mig, och jag visste vilka konsekvenserna var av det. Nu fanns inget val därför att det inte längre fanns någon annan. Det som återstod var att bävande vänta på att de mörka gestalterna skulle besöka mig också, binda fast mig och släcka sina cigaretter mot min hud.

Jag var den enda som existerade, de andra var borta. Vad som hade hänt var oklart, men om de hade utrotats, flytt eller gett sig av frivilligt var ointressant. Det enda som hade betydelse var att de hade lämnat sina mörka, tysta hus, att de var försvunna.

Även om jag tidigare hade avskytt och föraktat omvärlden för dess krav på konformitet, för att den inte kunde acceptera avvikelser, var det olidligt utan den. Omvärlden hade alltid funnits där som en bakgrund till mina tankar och handlingar. Den hade hjälpt mig att definiera mig själv även om jag kunde uppleva den som min motståndare. Ställd mot de andra kunde jag tydligt se min egen roll, mitt eget värde, men utan dem tvivlade jag på det. De kunde ifrågasätta mig, tvinga mig till anpassning, försöka bryta ned mig, men frånvaron av dem gjorde mig otrygg.

Ljuden från ödehuset upphörde tvärt, och allt blev svart. Då insåg jag att huset hade varit upplyst tidigare, men varken inifrån eller utifrån, det hade bara varit ljusare. Det var därför som jag hade kunnat se det där ansiktet så tydligt, men jag reflekterade inte över det då, eller funderade över hur det kunde komma sig.

Nästa natt väcktes jag igen, men inte av ljud utan av ett mycket starkt ljus som kom från öster. Det var inte soluppgången, det var ödetomten som verkade upplyst av strålkastare, men man kunde inte se ljuskällan. Inne i huset var det fullt av människor, så många att de var tvungna att stå upp för att få plats. Märkligt nog var det också bara människor jag kände igen. Alla ansikten jag såg var bekanta, men jag kunde ändå inte identifiera någon av dem, inte ens säga var jag hade sett dem. Deras drag var helt främmande, men upplevelsen av igenkännande var överväldigande, och inte bara det, jag tyckte att jag kände dem väl, jag tyckte att jag förstod hur de tänkte. Att se dem i huset fyllde mig med fasa, men kanske hade de inget val, kanske var det här den enda möjligheten för dem.

Just som jag tänkte det spred sig en oro bland dem. Barn började gråta och kvinnor och män tittade sig osäkert omkring. Strax därefter började människorna skaka. De kastades runt under förskräckta skrik, men jag kunde inte förstå vad som hände eftersom huset i sig var helt stilla. Människorna försökte få grepp om fönsterbågar, vad som helst som inte var i rörelse. Någon skar sig på en trasig fönsterruta och lämnade blodiga spår efter sig. Skakandet pågick en stund, kanske tio minuter, och sedan var allt åter stilla.

Jag väntade mig att jag skulle se dem resa sig igen, en efter en, kanske borsta av sig och på nytt inta sina platser på golvet, men ingen reste sig. Ingen låg heller kvar. Det verkade inte längre finnas någon i huset. Jag såg inga tecken på rörelse, inga kroppar, varken levande eller döda. Huset var tomt och mörkt. Det starka ljuset som hade väckt mig var också borta.

Morgonen därpå ville jag inte gå upp, men eftersom jag inte kan säga vad jag vill och inte kan kämpa emot så fick jag finna mig i att bli påklädd och forslad till västerfönstret. En av hemtjänsttjejerna gick in i österrummet och vattnade blommorna. När hon stod vid fönstret sa hon att ödetomten såg så fridfull och inbjudande ut därifrån. Utanför grinden gav hela platsen henne kalla kårar. Hon hade hört flera historier om huset, den ena värre än den andra. Hon skrattade till, snabbt och osäkert, och påpekade sedan att det var märkligt att ingen verkade känna till vad som hade utspelat sig där, varför huset var tomt, varför ingen hade rivit det, röjt upp och sålt tomten till högstbjudande. Det var som om någon ville skydda dess bakgrund genom att gömma sanningen bland alla osannolika berättelser så att ingen säkert skulle veta vad som hade hänt.

Jag tittade längtansfullt efter dem när de gick. Jag ville berätta vad jag hade sett, befria mig från upplevelsen, lägga över en del av ansvaret på dem. De som var rörliga skulle kanske känna sig ännu mer tvingade att göra något eftersom de till skillnad från mig kunde det. Men sedan tänkte jag att förutom att det omedelbart skulle bli problem om det visade sig att jag har kunnat prata och röra mig hela tiden, skulle de aldrig tro att det jag sett verkligen hade inträffat. De skulle avfärda mig som en gaggig tant, kanske få mig inlagd någonstans, i alla fall medicinerad. Det jag hade sett skulle aldrig bli en ny historia. Min enda tröst var att jag inte längre var helt ensam.

Kapitel 16

Jag var sedan länge stadgad med en man som jag kände en djup samhörighet med. Det var ingen himlastormande förälskelse, men det var ett medvetet val från min sida. Jag hade med tiden insett att känslor hindrade mig från att se mitt eget bästa, och därför försökte jag i möjligaste mån undvika dem. Huvudet blev klarare utan känslomässigt engagemang. Att leva en lugn tillvaro med en person som accepterade både sig själv och mig var en seger, och under en tid tänkte jag att detta måste vara innebörden av lycka, att inte kunna få det man önskar sig allra mest, men ändå inte längta efter det.

Martin, som han hette, var äldre än jag och hade inga större självhävdelsebehov. Han hade varit gift flera gånger och hade barn i alla sina äktenskap. Hans önskan att reproducera sig var mer än tillfredsställd, och det var viktigt för mig. Jag hade sedan länge bestämt att jag inte ville ha några barn. Det var ett ganska osentimentalt beslut, mina erfarenheter av föräldrar avskräckte, men det som skrämde mig mest var jag själv och mitt eget beteende.

Martin visste ingenting om mina skäl men tyckte inte att ställningstagandet i sig var det minsta uppseendeväckande. Han hade kommit att betrakta barn alltmer som parasiter, omättliga varelser som väntar sig att man ska offra allt för dem, och om man inte gör det drar de sig inte för att exploatera ens känslor av otillräcklighet.

Han hade gett mig möjlighet att andas, röra mig och växa, men jag var trots allt det goda han förde med sig aldrig kär i honom. Jag förtrollades av den tjusning han kände för mig. Det var en sådan lättnad att vara accepterad, beundrad, kanske till och med älskad, jag kunde inte få nog av det. Tillvaron hade förvandlats från isoleringscell till ett ombonat hem och dagarna, månaderna, åren flöt samman till ett förföriskt, avtrubbat töcken. Jag noterade knappt att tiden gick, varje dag liknade den andra, och jag insåg att lycka och olycka märkligt nog har monotonin gemensamt.

Jag var på väg hem till Martin efter att ha varit på bio ensam. Jag såg helst filmer utan sällskap, jag kom dem närmare då, och att låta mig beröras av film var så långt jag kunde sträcka mig när det gällde känslomässiga åtaganden.

Jag hade precis passerat svampen på Stureplan när en man segnade ned på trottoaren inte långt ifrån mig. Jag blev först orolig att jag själv skulle behöva göra något, men det var många människor i rörelse, och flera andra skyndade till hans hjälp.

Jag brukar undvika alla former av folksamlingar, särskilt de som har anknytning till olyckor, men den här gången gick jag av någon anledning närmare, kanske för att situationen verkade vara under kontroll.

Mannen låg på sidan med ryggen mot mig. Han var alldeles stilla. Jag visste först inte om han levde eller var död. Ett par handlingskraftiga personer satt på huk bredvid honom, och verkade försöka få kontakt. En av dem hade lagt sin jacka som ett täcke över hans kropp. De talade med honom, men det gick inte att uppfatta om de fick några svar.

Jag var som förhäxad av den orörliga kroppen på marken, och samtidigt manade jag mig själv att gå därifrån. Det var skamligt att stå och stirra på en hjälplös människa som var helt utlämnad åt andra, men det som oroade mig mest var att scenen fick mig att tänka på Krymplingen. Jag fick för mig att det var han som låg där, som snart skulle vända sig om och få syn på mig, som skulle anklaga mig för det jag hade gjort inför alla som stod där.

Känslan av skuld och vanmakt växte i mig som ett oundvikligt illamående och jag ville fly därifrån,

men det stod flera personer bakom mig och blocke-
rade vägen. Det fanns inget sätt att snabbt avlägs-
na sig utan att väcka uppseende, och jag ville abso-
lut inte att någon skulle lägga märke till mig.
Därför stod jag kvar, orörlig, utan att våga se på
den liggande mannen. I ögonvrån uppfattade jag
att de reste honom upp till sittande och jag hörde
att han sa någonting, men så svagt att orden inte
gick att urskilja. Då stod jag inte ut längre. Trots
mina tidigare försiktighetsåtgärder trängde jag mig
vildsint ut ur klungan som hade bildats runt ho-
nom och sprang till tunnelbanan.

Mitt liv med Krymplingen hade varit uppsli-
tande så fort jag hade blivit påmind om honom. Det
måste få ett slut. Under resan hem upprepade jag
för mig själv att han inte var mitt ansvar, att jag
inte fick tänka på honom mer, och när jag kom upp
ur underjorden var jag i det närmaste övertygad,
han behövde inte mig, och jag behövde inte honom,
kände ingen längtan efter honom. Men detta till-
stånd varade bara några minuter, tills Martin öpp-
nade dörren därhemma.

Det som jag trodde att jag hade lyckats begrava och
glömma var återuppväckt. Det spelade ingen roll
att jag på alla sätt försökte styra tankarna åt andra
håll, de letade sig hela tiden tillbaka till honom.
Martin såg att jag blev alltmer frånvarande, och
undrade om något hade hänt. Jag svarade, tyckte

jag, helt sanningsenligt att ingenting hade hänt. Och ingenting hade hänt i yttervärlden. Det var bara mina minnen som oupphörligen tog sig upp till ytan och störde mig.

Jag hade valt att såra och skada Krymplingen när det passade mig. Mina skäl hade många gånger varit grumliga. Jag hade låtit saker hända utan att våga stå emot, och efteråt hade jag skyllt på andra eller på omständigheterna. Jag hade troligen åsamkat honom mer smärta än alla andra som häcklat honom, eftersom mina handlingar betydde mer för honom än någon annans, och jag var dessutom den som alltid borde ha varit på hans sida.

Det var skuld som hade fått mig att lämna honom, och skuld som fick mig att åter ta kontakt. Det var inte svårt att hitta honom, men jag förhandlade med mig själv i säkert en vecka, innan jag vågade ringa. Jag var orolig för vad han skulle säga, för hur han skulle reagera, men han var varken ovänlig eller avvisande, han var precis som jag mindes honom. Kanske just för att jag kände mig så lättad över hur samtalet hade utvecklats blev jag ivrig och föreslog att vi skulle träffas redan nästa dag. Han lät förvånad, men gick med på det.

Jag sa till Martin att jag skulle äta middag med en gammal vän. Han frågade om det var en gammal pojkvän, och jag såg ingen poäng i att förneka det.

"Så om du inte kommer hem så vet jag", sa han skämtsamt, som om det vore fullständigt otroligt att jag skulle lämna honom för någon annan.

Vi skulle ses hemma hos Krymplingen i stället för på en restaurang. Han hade svårt att röra sig och orkade inte släpa sig runt på stan. Det gjorde mig ingenting. Det verkade mer skrämmande att mötas på en allmän plats, och jag ville inte observeras av andra när jag träffade honom.

Först var jag förvånad över att han var sig så lik trots alla år som hade förflutit, men vid en närmare titt noterade jag att ansiktet var både fårat och åldrat. Jag hade inte heller räknat med att han skulle vara så illa däran. Det gjorde ont att se honom.

Han sa lite urskuldande att han inte hade handlat, men att han ringt efter mat. Kunde jag hämta den trots att jag precis hade kommit? Han försökte öppna sin plånbok, men vinglade till. Jag sa snabbt att jag hade pengar. Jag var egentligen villig att betala vad som helst för att slippa se hans fumlande eftersom jag insåg att jag förmodligen var orsak till det.

När jag kom tillbaka med de ångande aluminiumförpackningarna fyllda med indisk kyckling, ris och bröd som droppade av smör, lyste han upp. Han åt ivrigt, och påminde lite om den fattiga Krymplingen som jag hade bjudit hem efter att ha mött honom på gatan en regnig kväll för en evighet sedan.

Han log belåtet efter måltiden. Han hade sås på ena kinden. Jag ville torka bort det, men satt bara stilla och tittade på honom. En kort stund var det som om ingenting hade hänt sedan vi senast åt en middag tillsammans. Att vara i hans närhet fyllde mig fortfarande med lugn och lätthet.

Han berättade att han hade träffat sin fru strax efter konvalescensen som följde på operationen. Det var ovant för honom att se sig själv med rak rygg, och han vågade först inte riktigt ta den plats som han hade drömt om. Att försöka göra sig osynlig ett helt liv hade satt sina spår. Därför var det kanske inte konstigt att han föll för den första person som visade intresse för honom. Hänförelsen över att bli uppmärksammad av en fullständig främling på detta helt nya sätt övergick snabbt i förälskelse. Men det blev inte som de hade tänkt. Några månader innan deras dotter Matilda föddes råkade han ut för en olycka. Han ramlade nedför en rulltrappa och fick svåra skador. Under en period var han delvis nästan förlamad, men han hade kämpat sig tillbaka. Det hade varit väldigt jobbigt, särskilt för hans fru som fick ta hand om honom och ett litet barn, båda två lika hjälplösa. Till slut orkade hon inte mer. Krymplingen sa att han förstod henne, det var snarare konstigt att hon inte hade lämnat honom tidigare. Hon hade vårdnaden om flickan större delen av tiden.

Det var mitt fel att han var krympling igen, att han inte hade kunnat ta hand om sitt barn, att hustrun hade lämnat honom. Under alla dessa år hade jag tryckt undan tankarna på olyckan. Jag hade medvetet hållit mig okunnig om vad som faktiskt hänt. När man inte vet är det lätt att intala sig att det nog inte var så farligt, och att det i alla fall inte var jag som knuffade just honom. Det var inte jag som utdelade det avgörande slaget.

Jag ville berätta för honom vad jag hade gjort, jag ville verkligen erkänna, men jag kunde inte. Han skulle aldrig förlåta mig, det visste jag, och jag kunde inte leva med det. Jag grät tyst, gömde ansiktet i händerna, gömde mig bakom tårarna. Min förtvivlan var uppriktig, men jag vågade inte se honom i ögonen. Jag var rädd att han skulle se att jag var skyldig.

Jag hade så många gånger sett fram emot dagen när vi skulle återförenas. Jag hade sett fram emot glädjen, den gränslösa glädjen. I fantasin är allt så enkelt, där kan man retuschera alla situationer, forma verkligheten som man vill. Man behöver aldrig stå till svars för sina handlingar eftersom man aldrig har gjort något orätt.

Han undrade vad som hade hänt mig under hela denna tid. Jag visste inte vad jag skulle säga, trots att jag hade förberett mig på frågan. Det kändes inte som om någonting egentligen hade hänt. Jag hade tänkt berätta om Martin, att vi bodde tillsammans och trivdes med det, men det kändes plötsligt helt ovidkommande, som någonting för länge sedan avslutat.

I stället sa jag att jag hade saknat honom. Det fanns ingen som förstod mig som han, ingen som fick mig att känna mig lika självklar och betydelsefull. Jag sa också att jag hade haft fel när det gällde operationen. Det kunde jag till slut kosta på mig att tillstå. Han förtjänade en rak, ståtlig rygg, han förtjänade en kropp som kunde röra sig obehindrat, han förtjänade att få känna sig normal.

"Och titta på mig nu."

Han log sorgset, och sa att han önskade att jag hade sett hur han såg ut efter operationen, då hade jag kanske mjuknat, och då hade livet kanske tagit en annan vändning.

Anblicken av honom, ohjälpligt förstörd, höll på att slita sönder mig. Det gick knappt att andas, det var som om kroppen hade slutat fungera, som om den vägrade utföra det som krävdes. Jag hade tagit ifrån honom det han mest av allt önskade, och sedan hade jag övergett honom. Jag vet inte vad mitt ansikte avslöjade, men Krymplingen såg bekymrad ut. Han höll min ena hand, men jag var som bedövad, kände bara trycket av hans fingrar, inte den pirrande känslan i huden.

Det var inte meningen att han skulle oroa sig för mig. Jag sa tyst att jag hade mig själv att skylla. Det var mitt fel att jag hade förlorat honom.

Han såg trött ut, och jag hjälpte honom till soffan där han mödosamt lade sig ned. Jag sjönk ned på golvet bredvid honom, strök med fingrarna över hans spända ansikte. Han slöt ögonen och jag kände musklerna slappna av under mina fingertoppar. Han låg alldeles stilla, och andades så lugnt att jag trodde att han hade somnat, när han plötsligt öppnade ögonen och sa:

"Det är något jag måste berätta."

Jag ryckte till, och kände instinktivt att jag inte ville höra vad det var. Jag hyssjade honom, låtsades att jag ville att han skulle vila, när jag egentligen bara ville att han skulle vara tyst och hålla alla hemligheter gömda. Om han började avslöja saker skulle jag kanske känna mig tvingad att göra samma sak. Han tog min hand i ett fast grepp, och verkade varken trött eller svag längre.

"Jag gjorde ingenting för att stoppa dem."

Det var så länge sedan att det ibland knappt verkade ha hänt, ändå fick jag hjärtklappning av oro så fort jag närmade mig det. Jag hade på alla sätt hållit mig borta, i förhoppningen att allt skulle blekna och till slut försvinna. Jag hade kapslat in det omsorgsfullt, trodde att han också ville ha det så, men nu tvingade han mig att återvända. Vi var där igen, i hans stuga den där kvällen, och jag hade samma bävande känsla av oundviklighet som då, samma paralyserande övertygelse att det som höll på att hända skulle bli avgörande för resten av mitt liv. Det var början på något annat, något jag inte kunde överblicka och som jag fruktade, men inte kunde stoppa.

Jag sa ingenting, hoppades att min tystnad skulle göra slut på samtalet, men på samma envisa sätt som jag försökte gömma det, drog han sakta fram det, det osynliga och ohanterliga som låg mellan oss. Han väntade ut mig, tålmodigt men obevekligt. Till slut sa jag att han inte skulle anklaga sig själv. Jag gjorde det inte. Vad hade han att sätta emot? Kvällen innan hade de ju klått upp honom.

"Det var inte som du tror."

Han lät mig inte komma med några invändningar, utan berättade att han hade låtit dem komma in i stugan. Han hade inte försökt hindra dem, inte ens protesterat, och det berodde inte på att han var rädd för att få mer stryk utan för att han såg en möjlighet att ge igen. För även om det var Manne och de andra grabbarna som hade gett sig på honom så visste han vem som hade fått dem till det. Jo då, medan de spöade upp honom hade de klargjort vem källan var, vem som hade berättat för alla att han hade tafsat och viskat äckliga saker.

Min tystnad verkade inte beröra honom, trots att den inte kunde tolkas som något annat än ett medgivande. Han ville inte ha några förklaringar, och jag försökte inte urskulda mig. Vad skulle jag säga? Att jag var svag och liten och bara ville att de andra skulle acceptera mig? Att jag ångrade allt, att jag ångrade mig så fort jag hade sagt det, men då var det för sent. Det var meningslöst att ångra, att ens säga att jag ångrade det, för jag hade förrått honom, och i det ögonblicket hade jag menat det.

Han hade varit en av dem, passiv visserligen, men han ville ge igen för det jag hade gjort. Det var hemskt, men jag var varken skakad eller upprörd. Ingenting av det han sa förvånade mig ens. Hans berättelse berörde mig bara för att den visade att jag inte var ensam om att ha gjort fel. Det var en sådan lättnad att inse att även han kunde vara hämndlysten, och att känslan av skuld sedan plågade honom på samma sätt som den plågade mig. Det gjorde oss på något plan nästan jämbördiga.

Han fortsatte tala, men det spelade inte längre någon roll vad han sa, orden var oviktiga. Det enda som betydde något var att hans röst fanns där runt omkring mig. Den lugnade mig, jag kunde nästan känna den mot min hud, som ett eget väsen. Jag kröp ihop på golvet, kraftlös som efter en oerhörd kroppslig ansträngning, men trygg, slutligen trygg, och som ett sista bevis för det somnade jag.

Jag vaknade av försiktiga skakningar. Jag var omtöcknad och förstod först inte var jag befann mig eller vem det var som inte kunde lämna mig ifred och låta mig sova, men när jag såg Krymplingens trötta ansikte reste jag mig. Jag hjälpte honom upp från soffan och tillsammans gick vi mödosamt till sängen och lade oss påklädda under täcket. Jag tryckte mig tätt intill honom, drog hans armar runt mig som en sjal och somnade snabbt i värmen från hans kropp.

Nästa gång jag vaknade var det förmiddag. Jag kände mig ovanligt utvilad, varje led och muskel verkade spänstig och smidig. Hjärnan var inte längre avdomnad. Den tidigare ogenomträngliga, suddiga hinna som jag först då insåg hade täckt alla sinnen var plötsligt borta, och en kaskad av intryck vräkte sig över mig. Krymplingen låg bredvid och tittade förundrat på mig.

Ljuset som sken in på oss utifrån var starkt och förstorade allt. Hans ansikte, som jag alltid hade upplevt som fulländat slätt, var nu gropigt av porer och tydliga rynkor syntes runt ögon och mun. Huden hade förlorat en del av sin spänst och verkade trött, men ögonen var så fyllda av jubel att jag började skratta. Han föll in i mitt skratt och det var ett vackert, klingande ljud som jag insåg att jag inte hade uppfattat i sin helhet tidigare.

Nuet var så rikt att jag inte förmådde registrera alla nyanser, men jag skulle alltid minnas detta ögonblick av klarhet, när det blev uppenbarat för mig vad lycka verkligen är, när ögonen öppnas, nej, hela organismen öppnas och man åter känner igen det som är sant, när det inte längre kan hållas tillbaka utan översvämmar allt. Det var slut med att fly och gömma sig. Från och med nu skulle jag stanna hos honom. Varje dag skulle jag konfronteras med det jag hade gjort. Så skulle jag sona mitt brott.

Kapitel 17

Matilda och jag var från första stund förenade av en ömsesidig motvilja, men i stället för att tvinga oss isär, förde den oss alltmer samman. Det visar väl att den också innehöll något annat, något som vi båda värdesatte, men det var totalt sammansmält med det andra och gick inte att separera. Fiendskapen innebar ett erkännande. Genom den var vi inte bara styvmor och styvdotter, vi hade ett eget sammanhang. Vi stod på var sin sida om Krymplingen och krävde ensamrätt. Ingen tänkte ge sig. Där fanns segervisshet, men lika mycket osäkerhet och rädsla. Vi spelade liknande roller i varandras liv. Kanske var det för att vi på det sättet var jämbördiga som jag tyckte att det var en relation som hade ett värde.

Första gången som vi tillbringade en längre tid tillsammans utan Krymplingen var en helg när han hade åkt in på sjukhus. Jag ville stanna hos honom, men han skickade hem mig igen, jag måste ju ta hand om Matilda. Jag invände att hon redan var vuxen och hade tagit hand om sig själv i åratal även om hon inte riktigt hade flyttat hemifrån. Min röst var plötsligt lik hennes, ljus och tjurig, ett barns gnäll över en vuxens tråkiga uppmaning. Men han var väldigt bestämd. Han menade inte det praktiska, hon behövde mig på ett annat sätt. Jag höll inte med honom, men gjorde ändå som han sa.

Huset var alldeles mörkt när jag kom hem. Jag trodde att hon hade gett sig i väg, och drog nästan bokstavligen en lättnadens suck, men när jag tände ljuset i köket satt hon där och väntade, undrade tyst hur det var med hennes pappa.

"Sämre", sa jag bara, utan att lämna några detaljer.

Matilda började gråta. Jag visste inte vad jag skulle göra, men för att det inte skulle vara så uppenbart började jag förbereda middagen. Det dränkte nästan ljudet av henne.

Hennes förtvivlan irriterade mig plötsligt. Det borde vara jag, men i stället satt en främling i mitt kök och grät över mannen som jag älskade. Förbittringen växte som en uppretad bisvärm. Det var inte meningen att vi skulle visa våra svagheter, att vi skulle lämna ut oss, att vi skulle söka förtroende. Vi hade ingen sådan relation. Nu hade hon oväntat fått övertaget genom att visa en blotta. Hon sörjde mest, hon led mest, hon hade vunnit, medan jag stod och lagade mat som om ingenting hade hänt.

Jag försökte distrahera henne genom att säga att hon borde ringa sin mamma. Jag hoppades samtidigt kunna bli av med henne på det sättet. Jag lade till att hennes mamma kanske ville veta vad som hände med Krymplingen.

"Det tror jag inte", sa Matilda tonlöst utan att lyfta blicken eller röra sig på något annat sätt.

Det var min trumf, trodde jag, och det visade väl hur dåligt grepp jag hade om hela situationen. Jag kunde inte få henne att åka till sin mamma. Det betydde att vi måste kampera ihop hela helgen.

Jag dukade fram maten och bjöd henne. Jag hade väntat mig att hon skulle sucka och grimasera som hon brukade, och knappt få i sig någonting, men i stället åt hon ivrigt, tog om flera gånger och sa dessutom att hon tyckte att det var gott.

När förvåningen hade lagt sig blev jag misstänksam. Det här måste vara en del av en plan som hon gjort upp, säkert inspirerad av mörkret hon hade vistats i. Det var ett helt nytt sätt för henne att agera och jag hade ännu inte genomskådat det.

En bevekande tanke väcktes i mitt huvud. Jag kanske borde ge henne något för att visa min goda vilja, öppna mig, avslöja något om mig själv för att bekräfta vårt nya band. Jag borde berätta hur jag kände mig, hur betydelsefull Krymplingen var för mig och hur han hade kommit att bli det, men jag sa ingenting. Vad skulle jag säga? Hon var och förblev oönskad, en annan kvinnas barn som oombedd hade kommit in i min tillvaro, och som nu på allvar började ta min plats i förhållande till Krymp-lingen. Jag hade vant mig vid de roller vi hittills haft. Det kändes mer naturligt att strida med hen-ne, att utmana och utmanas, att provocera fram och bli föremål för hennes plötsliga känsloutbrott. Då visste jag var jag hade henne. Den här situa-tionen gjorde mig bara orolig. Jag väntade nervöst på hennes nästa drag. Det var omöjligt att förutse vad det skulle bli.

Jag dukade av och fortsatte att plocka vid disk-bänken. Vanligtvis avskyr jag allt som har med hushållsarbete att göra, men nu ville jag ingenting hellre än att vara sysselsatt. Matilda satt kvar vid bordet och verkade inte känna sig besvärad. Jag ville att hon skulle resa sig och gå därifrån, sätta sig och titta på tv, eller ännu bättre ringa sina kom-pisar, försvinna utan ett ord och sedan inte åter-vända förrän nästa dag, men hon satt bara där med hängande huvud. Jag frågade i ett försök att vara ironisk om hon väntade på desserten.

"Tack, gärna", svarade hon då.

Jag borde bara ha fräst åt henne att det inte fanns någon efterrätt, men häpen som jag var över hennes fullständiga, om än säkert tillfälliga, för-vandling började jag rota i skåpen och hittade en chokladkaka som jag hade köpt till Krymplingen och gömt för att just hon inte skulle hitta den. Men nu tvekade jag inte att öppna den, bryta bitar av den och lägga i en skål som jag ställde fram till henne.

"Jag kokar kaffe", sa hon plötsligt och reste sig. Jag hade väntat mig vad som helst utom det. Jag hade känt mig tryggare om hon tagit skålen och drämt den i huvudet på mig. Jag var oerhört rädd för vad denna nya utveckling skulle leda till.

Vi drack kaffet tillsammans. Hon tyckte om chokladen, men åt inte på samma glupande sätt som hon brukade när det bjöds på godis. Hon tog försiktigt en bit, och sedan en till, tvekande, kanske en tredje, men sedan var det nog. Hon drack kaffet på samma sätt, i medvetna små munnar som en skötsam liten fröken. Jag hade nästan lagt ned vapnen, och var just på väg att säga något försonligt när hon plötsligt reste sig och gick därifrån utan att säga något mer än "tack".

Jag kände mig snopen, besviken, och mindes med ett hugg i hjärtat min egen tonårstid, när Madde, jag och de andra tjejerna var oskiljaktiga. Vi kunde prata oavbrutet nätterna igenom om allt som vi då tyckte var viktigt. Vi kom aldrig fram till någonting, men det var inte meningen. Det var inte resultatet utan pratandet i sig, kontakten, som var viktigast, att vi hade varandra, att vi hade vårt sammanhang, och vi frossade i det.

Matilda brukade bo i gästrummet när hon var hos oss. Jag hörde svagt musik där inifrån och hennes röst som pratade med någon, pratade och skrattade omväxlande. Jag kunde inte höra vad hon sa, orden var inte urskiljbara, men det fanns förtrolighet i rösten, säkerhet i skrattet. Borta var den sorgsna flicka som nyss suttit tigande mitt-emot mig.

Jag gick därifrån, nedslagen. Kanske hade det här varit min chans att få en annan kontakt med henne, en kontakt som jag hade skytt och avvisat, ända tills den var utom räckhåll för mig. Jag satte mig framför tv:n, men hade ingen ro i kroppen trots att det var just friheten från henne som jag hade längtat efter tidigare. Jag gick tyst förbi hennes dörr flera gånger, och när jag hörde det intima småpratet kände jag den sugande saknaden inom-bords.

Jag sov oroligt på natten, vaknade med hjärt-klappning strax före gryningen. Jag tyckte att det stod en gestalt i mörkret vid min säng med någon-ting dolt bakom ryggen, men när jag tände lampan var det ingen där.

Det tog en stund innan jag hade hämtat mig tillräckligt mycket för att gå upp. Jag gick till köket för att ta ett glas vatten, och då satt hon där igen vid bordet, i mörkret, och i samma avstängda till-stånd som tidigare. Jag blev så rädd när jag upp-täckte henne att jag skrek till, men hon rörde sig inte, som om hon saknade mänskliga reflexer. Hon sa ingenting heller.

Jag tänkte att jag skulle skrika igen, högt och genomträngande, rakt i hennes öra, så lång tid som krävdes för att hon skulle reagera, men avstod trots allt. Jag kände mig trängd, jag ville kunna röra mig i mitt eget hus utan att tvingas stöta ihop med henne hela tiden. Hon var som en tvångströja och jag skulle inte bli befriad förrän hon åkte till sin mamma, eller någon av sina kompisar. Varför stannade hon? Hennes pappa skulle inte komma hem på flera dagar, och det visste hon mycket väl. Jag frågade henne, utan att försöka dölja min irritation. Hon svarade entonigt:

"Mamma skiter i mig."

Inte konstigt, tänkte jag, men sa i stället med en släpig, tillgjord röst som jag inte kände igen:

"Det gör hon inte alls."

Matilda visade äntligen någon sorts känsla, och fnös åt mitt svar. Det gjorde hon helt rätt i. Vad hade jag för rätt att ifrågasätta henne? Jag visste ingenting om vad som utspelade sig mellan henne och mamman som jag aldrig hade träffat. Jag skämdes plötsligt över min fantasilösa reaktion, över att jag inte hade visat henne den respekt hon förtjänade.

Jag hade en känsla av att något hemskt skulle hända om vi delade huset för länge. Utan Krymplingen uppstod ett märkligt vakuum. Vi hade trevat oss fram, men jag var fortfarande lika vilsen. Hon verkade däremot ha hittat en framkomlig väg. Kanske var hennes försök till försoning bara ett uttryck för att vår konflikt inte var lika tydlig när Krymplingen inte var där och påminde oss om den. När han kom tillbaka skulle vi återuppta våra strider som om ingenting hade hänt däremellan. Det skulle dessutom bli värre eftersom han närmade sig slutet och varje minut med honom blev mer värd att kämpa för.

Jag värmde mjölk i en kastrull. Det irriterade mig att jag tog min tillflykt till pysslighet så fort hon fick övertaget. Jag hade hellre blivit en rasande demon, men jag kunde inte uppbringa kraften. Jag ställde fram en kopp mjölk till henne, men hon sköt bort den, och sa:

"Jag är inget barn."

Hon log mot mig, milt överseende, som om det var jag som var barnet i vår relation.

Jag tog koppen och stjälpte snabbt ut mjölken i vasken. Sedan släckte jag lampan och gick tillbaka till mitt rum innan hon hade hunnit röra sig. Det susade i öronen av upprördhet. Det här var hennes nya taktik, att locka mig närmare, och när jag hade mjuknat stod hon beredd till slag. Jag stängde dörren och lutade en stol mot den, då skulle jag höra henne om hon fick för sig att komma in och ställa sig vid min säng igen.

Det dröjde länge innan jag somnade. Jag lyssnade efter ljud, hennes steg, hennes andetag, hennes tårar, men när tystnaden hade urholkat alla mina tankar drev jag sakta bort.

Kapitel 18

Jag fick meddelandet en vederbörligt regnig efter-middag: Mamma var död. Pappa var borta sedan många år, och inför hans begravning ringde hon faktiskt till mig. Jag kände ett hugg i hjärtat när jag hörde hennes röst. Vi hade varken setts eller hörts sedan jag rymde till Stockholm, men jag insåg vid det tillfället att jag hade saknat henne.

Mamma berättade med svag röst att pappa ha-de blivit dement mot slutet och att det hade varit fruktansvärt jobbigt att sköta honom. Helt plötsligt kunde han vandra i väg och säga till folk att han skulle till Paris eller något annat befängt, och se-dan hittade man honom i bara kalsongerna ute på en åker efter timmar av sökande.

Hon började gråta. Jag visste inte vad jag skulle säga. Pappa hade inte tvekat att sparka på mig när jag var som svagast så på något sätt verkade det rättvist att han slutade sina dagar på detta sätt. Han, som alltid ville framstå som auktoriteten vad det än gällde, hade slutligen tagit sin tillflykt till en värld där han ensam var kung.

"Det har varit så svårt", viskade hon.

När jag hörde hennes plågade röst trodde jag nästan att samtalet skulle bli en vändpunkt, det som slutligen skulle föra oss samman, och i min iver att locka fram en försoning svarade jag aningslöst:

"Jag förstår."

Det var tyst en kort stund innan hon väste:

"Du förstår ingenting."

Sedan fortsatte det. Det var mitt fel att pappa hade blivit sjuk. Han kunde aldrig komma över hur jag hade behandlat honom, han som hade offrat så mycket för mig. Hon fortsatte upprepa hans ord, hans anklagelser. Inte ens när bara hon och jag var kvar kunde hon släppa dem. En gång hade hon vacklat. En gång hade hon nästan trott på mig, nästan försvarat mig, men nu var allt motstånd söndermalt. Hon hade valt den officiella versionen. Och vem kunde klandra henne för det? Hon var ju tvungen att leva där, med honom och de andra.

I praktiken är sanningen ändå bara en överenskommelse. Ingen kan gå tillbaka och se efter vad som faktiskt hände. Man kan bara lita på de inblandade, och om alla, utom någon enstaka, hävdar att det var på ett visst sätt så måste väl det vara sant?

Samtalet efter pappas död blev vårt sista. Ibland tänker jag att jag borde ha gjort ett nytt försök att närma mig henne, men sedan slår jag bort det. Jag var beredd på försoning. Det var hon som avvisade mig. Jag hade aldrig kunnat böna och be om att hon skulle acceptera mig som sin dotter. Det var hennes uppgift, och hon hade försummat den. Kanske hade hon lidit av det, men det var i så fall också över.

Jag åkte dit för att begrava henne. Krymplingen följde med eftersom jag inte ville möta det lilla samhället ensam. Jag vet inte riktigt vad jag hade väntat mig, men alla undertryckta minnen hade växt till ett oformligt monster, och jag var orolig i flera dagar innan.

Vi kom dit vid lunchtid. Vi hade åkt buss sista biten och när vi klev av vid den nya bussterminalen var jag överraskad över att allt såg så nybyggt och modernt ut. Solen sken och det kändes konstigt nog högtidligt att ta de första stegen på denna plats som jag hade skytt sedan jag var tonåring.

Vi gick sakta genom samhället, och jag tittade nervöst på dem vi mötte, men jag kände inte igen någon. Inte under hela vårt besök kände jag igen en enda människa. Våra grannar från tiden när jag bodde där hade endera flyttat eller dött. Inte ens husen på gatan såg likadana ut, de hade byggts ut och byggts om, några var rivna. Det var bara mammas och pappas hus som såg likadant ut som det hade gjort då.

Det lilla centrumet var också förändrat. Det gamla var rivet och ersatt med nya byggnader. Allting var så litet, jag mindes det som mycket större. Det var ju hela min värld, det enda som existerade på riktigt, andra platser bara vaga referenser i tidningar och på tv.

Stället där vi hade dansat var borta, där bredde en parkeringsplats ut sig. Stugan som Krymplingen hade hyrt fanns inte heller kvar.

Jag borde väl ha blivit lättad över att allt var annorlunda, över att det inte längre fanns någonting som kunde påminna mig om det som hade varit, men i stället kände jag mig vilsen och, märkligt nog, vemodig. Det var som om hela min historia var raderad. Trots min rädsla hade jag velat se allt igen, se varifrån jag kom, men det tillhörde andra nu. Vi passerade ett gäng ungdomar som skränade och skrek. Det här var deras hem, deras kungarike.

Jag hade avskärmat mig så länge från den här platsen, och nu var allt det som hade skrämt mig borta. Det verkade så obegripligt avlägset att jag nästan inte förstod vad jag hade varit rädd för. Allt som tydde på att något hade hänt var utplånat. Det var bara jag och Krymplingen som bar med oss minnena. Han verkade å andra sidan relativt oberörd av att vara tillbaka. Ingen kommenterade eller fnissade när de såg honom. Han var en gammal man, och det var ingenting konstigt med att hans kropp hade gett upp.

Vi tittade in i mammas och pappas hus innan vi åkte därifrån. Även invändigt såg allt likadant ut som det hade gjort när jag bodde där. Varenda grej stod på samma plats som då. Det enda som var förändrat var mitt rum. Alla mina saker var borta. Det fanns ingenting kvar i huset som vittnade om att det en gång hade varit mitt hem, och det var väl ungefär vad jag hade väntat mig, men upptäckten gjorde mig ändå så fruktansvärt arg. Jag började välta möbler, kasta saker omkring mig, och jag slutade inte förrän jag hade förstört den snörräta ordning som mamma hade lämnat efter sig, och allt annat var krossat.

Kapitel 19

Det är alltid samma dröm, men det var första gången jag upplevde den till slutet. Den börjar varje gång på samma sätt. Jag går till fots, snabbt och målmedvetet, blicken är riktad rakt fram längs gatan. Jag behöver inte se mig omkring för det är ett område som jag känner väl. Ingenting ser visserligen ut som det gör i verkligheten, men det spelar ingen roll, jag befinner mig lika mycket i ett inre landskap.

Solen skiner inte, men det är ändå väldigt ljust. Det känns som en vårdag när de precis har sopat bort allt grus från gatorna. Det är torrt och lite dammigt, grått men utan att vara färglöst. Det är inte bara bokstavligt ljust, allt känns också lätt, hoppfullt.

Jag går längs en gata, och framför mig ser jag en man på en hög stege. Han tvättar fönster, och han har hörlurar på sig. Kanske lyssnar han på opera för hans rörelser är dramatiska och kraftfulla. Skummigt vatten skvätter ned på trottoaren så att förbipasserande irriterat tittar upp på honom och tar en omväg runt stegen.

Jag tänker att stegar är väldigt ostadiga, de faller lätt omkull. Då vill man inte stå högst upp eller längst ned. Jag tänker att jag, rent teoretiskt, skulle kunna knuffa till stegen, få den att välta. Det är ingenting jag vill göra, eller ens funderar över, jag får bara en plötslig, tydlig bild av det medan jag går.

När jag strax därefter når stegen tänker jag att jag ska ta en omväg runt den som alla andra har gjort, men i stället går jag fram och stöter till den så att den välter. Fönsterputsaren, som är flera meter uppe i luften, vinglar till och faller. Han skriker. Vanligtvis brukar jag vakna då, uppjagad, svettig och skuldmedveten. Det verkar nästan vara därför jag puttar till stegen, för att hans vrål ska väcka mig och tvinga mig att minnas.

Den här gången vaknar jag inte av skriket. I stället hör jag hur människor rusar till för att bistå mannen som ligger på trottoaren och jämrar sig. Jag går obekymrat vidare, vänder mig inte ens om, helt oberörd av mitt dåd. Ingen försöker heller stoppa mig, trots att det måste vara uppenbart för alla vad som har hänt, men ingen verkar se att jag är den skyldiga. De tror kanske att stegen har fallit av sig själv, att den har stått ostadigt och kommit i gungning, kanske av mannens egna vildsinta rörelser.

Den hoppfulla känslan av vår omger mig igen. Jag tror att jag ler eftersom jag känner mig så optimistisk. Gatan sträcker ut sig framför mig, den är rensopad och tom, verkar sträcka sig obruten ända till horisonten. Trottoarerna är också tomma så när som på en ensam man som går med käpp. Han haltar och hasar sig mödosamt fram.

Så fort jag ser honom tror jag att det är Krymplingen. Jag skyndar fram, men när han vänder sig mot mig inser jag att jag har tagit fel. Det är en främling med ett stelt och skrämmande ansikte. Jag går snabbare för att bli av med honom, börjar springa när jag tycker att jag fortfarande skymtar honom i ögonvrån. Jag tycker att jag utan problem borde komma undan, men efter bara några sekunder rör han sig jämsides med mig till synes helt utan ansträngning. Han tittar segervisst på mig och för varje steg han tar blir han större. Han växer sig jättelik. Eller är det jag som krymper? Jag kommer allt närmare trottoaren.

Plötsligt löses han upp och verkar dunsta ut i luften, och då hinner de upp mig, människorna som tog hand om fönsterputsaren. De bär honom med sig, håller honom i armarna och benen. De skriker till mig att det är jag som har skadat honom. Han kan inte gå längre. Nu ska de göra samma sak med mig, beröva mig mina ben. Jag vill skrika, men kan inte. Jag vill springa, men kan inte. Kroppen är trög och motvillig, den verkar vilja stanna hos den uppretade hopen.

De släpper fönsterputsaren på gatan och han faller återigen, kvider när den skadade kroppen träffar marken. Då återfår jag rörelseförmågan och skriker att de är hänsynslösa som kan behandla en människa på det sättet, en skadad människa dessutom. Jag faller på knä vid hans sida för att hjälpa honom mot de brutala odjuren, men de är inte intresserade av honom. Det är mig de är ute efter, och nu är det dags att jag accepterar bestraffningen. Öga för öga, tand för tand, ben för ben.

De tar tag i mig på samma sätt som de höll i fönsterputsaren och sedan drar de alla åt varsitt håll tills jag är helt uttänjd och armar och ben slits av kroppen. Det är en outhärdlig smärta när de rycker i mig, men när lemmarna slutligen lossnar från sina fästen känner jag ingenting längre. Jag vet inte om jag lever eller är död, men allt känns återigen ljust och hoppfullt.

Jag är ensam. Gatan är borta, den har förvandlats till en skog. Jag ligger som en puppa på marken, orörlig, men trygg. Träden bildar ett skyddande tak över mig, de vajar och sjunger. Under mig breder en matta av mjuk och fuktig mossa ut sig. Sakta sjunker jag allt djupare ned i den tills den helt omsluter mig. Inuti mitt skal ska jag förvandlas, med tiden ska jag ta en ny form.

Kapitel 20

Det var slut. Krymplingen somnade in en kväll i juni, en lugn och ljus kväll. Matilda höll hans ena hand och jag hans andra. Vi satt en lång stund efter hans sista andetag och väntade på nästa. I tystnaden som följde hörde vi fåglarna sjunga utanför, men deras okuvliga livskraft var ingen tröst, bara en påminnelse om att Krymplingens liv endast hade varit en tunn låga som nu var släckt. Han var borta och det berörde ingen annan än oss två som satt där vid hans sida.

Där utanför var allt som förut, människor skrattade, kanske var de på väg till en fest, förväntansfulla eftersom det var sommarkväll, och vad som helst kunde hända. Någon gick ovetande mot sin första stora förälskelse, en annan mot en vänskap som skulle vara livet ut. De gick mot början på något stort, nästan gränslöst, men visste ännu ingenting, kände bara möjligheten, att något kunde hända.

Allt deras hopp slog emot mig när vi gick där-
ifrån, när vi slutligen lämnade honom, och jag
sträckte mig efter det, vädjande, men jag kunde in-
te nå det. Det var oåtkomligt för mig. Sedan såg jag
det vända sig om och betrakta mig utan förbar-
mande. Hoppet, den trygga förvissning som omgav
de andra, var plötsligt så främmande och fientligt.
Det verkade inte bara ignorera mig, det hade vänt
sig emot mig.

När Krymplingen nu var utom räckhåll för oss kun-
de man kanske förvänta sig att Matilda och jag
skulle sluta fred. Vi hade ju inte längre någonting
att strida om. Han lämnade ingenting efter sig som
det fanns anledning att bråka om och allt juridiskt
löste sig snabbt och utan missnöje. Men vår kon-
flikt bestod ändå, oförminskad. Ibland undrade jag
varifrån den fick sitt bränsle. Den verkade inte alls
påverkad av att vi sakligt och tillmötesgående hade
gått igenom det han lämnat efter sig och utan prob-
lem lyckats nå en lösning som vi båda var nöjda
med. När det praktiska var ordnat var vi tillbaka i
vårt eget kaos.

Det hade underlättat om vi hade gått skilda
vägar, men Matilda bosatte sig i gästrummet efter
hans död. Jag ville inte ha henne där, men trots att
jag hade köpt ut henne och inte hade några egent-
liga skyldigheter, så kunde jag ändå inte kasta ut
henne. Jag hade lovat Krymplingen att jag skulle

ta hand om henne. Det var hans sista önskan, trots att Matilda var en vuxen kvinna, redo att skapa en egen familj.

Hon verkade inte vilja ut i världen, utan stängde till en början in sig med sin sorg. Hon rörde sig alltmer självklart i mitt hem, som hon betraktade lika mycket som sitt. Vi gick förbi varandra mellan rummen, försökte undvika att mötas så gott det gick, förvissade om att vi ändå höll våra löften. Vi visade varken omsorg, eller uttalad fientlighet, men allt tassande, allt det vi höll tillbaka, växte så att det till slut blev kvavt och svårt att andas.

Jag insåg snart att vi inte kunde existera på samma plats. När hon grät kunde jag inte känna någonting. Det var som om hennes känslor raderade mina. Först trodde jag att jag faktiskt inte kände något, att Krymplingens död inte berörde mig, och det gjorde mig förvirrad och frustrerad. Jag blev avundsjuk också, avundsjuk på kraften i hennes känslor. Jag började tvivla på mina egna. Kunde jag själv känna så starkt? Eller måste man vara ung för att göra det?

Det retade mig att hon under många år inte alls hade brytt sig om honom, men när han var döende och till slut död var hon helt uppslukad, medan jag skulle sopas in i ett hörn och ligga där och damma utan existensberättigande. Jag kunde inte koncentrera mig, irritationen jag kände när jag såg henne överskuggade allt. Jag var i limbo och kunde inte komma vidare.

Efter en tid av stilla gråt och isolering hade Matilda emellertid fått nog, hon började söka sig ut igen. Sorgen var för henne ett intensivt men snabbt övergående stadium, och när jag inte längre behövde jämföra mina reaktioner med hennes, slog jag mig till ro. Men lugnet blev kortvarigt. Jag blev ofrivilligt alltmer inblandad i hennes liv. Det var helt enkelt omöjligt att hålla sig undan. Det var som en tsunamivåg som lägger under sig större delen av den omkringliggande världen.

Styrkeförhållandet var ojämnt, en ung, hungrig människa som ville ut, och jag, som inte direkt var gammal, men definitivt på nedåtgående i livet. Det var naturligt att jag makade mig åt sidan för att hon skulle få mera plats, men som så många gånger tidigare när det handlade om henne så vägrade jag.

Hon började ta med sina pojkvänner hem, och de gick omkring som om de ägde huset. En natt hittade jag en stående naken i köket. Han drack mjölk direkt ur kartongen. En liten rännil letade sig från mungipan ned på golvet. Han vände sig mot mig, sköt fram underlivet och undrade om jag hade sett en kuk förut. Han såg belåten ut som om han hade gjort något verkligt omstörtande.

"Aldrig en så liten", sa jag.

Han tittade förvånat på mig. Sedan hörde jag Matildas skratt. Hon hade smugit upp bredvid mig, fullt påklädd trots att det var mitt i natten. Pojkvännen flinade upp sig mot henne, men osäkerheten spred sig över hans ansikte när hennes skratt växte och ändrade karaktär, från uppsluppet till föraktfullt och illasinnat. Jag rös när jag hörde det, av obehag först, men sedan av en kuslig upphetsning.

Pojkvännen stirrade förhäxat på henne med halvöppen mun. Han stod kvar vid kylskåpet med mjölkkartongen i ena handen, den andra placerade han beskyddande runt könet. Med mjölk fortfarande droppande ur ena mungipan påminde han om ett storögt barn som för första gången upptäcker att omvärlden inte bara är vänligt sinnad. Sedan spände han musklerna och gjorde sitt bästa för att se hotfull ut. Men han hade ingen makt längre, inte ens fysiskt, hans lockelse var redan passerad, och han gav sig i väg utan att någon av oss behövde säga ett ord.

Matilda och jag stod kvar sida vid sida. Scenen hade ändrats utan att jag förstod hur eller varför. Vi var inte längre rivaler. Det var hon och jag mot dem nu.

Vi sa ingenting efter det inträffade. Jag gick och lade mig, men hade svårt att somna. När jag till slut gjorde det kunde jag ändå inte komma till ro, utan vaknade en stund senare, olustig och desorienterad, av att någon stod vid min säng. Det var Matilda.

Först blev jag rädd. Jag hade en känsla av att hon ville döda mig, slå ihjäl mig med något som hon dolde bakom ryggen, men sedan såg jag att hon tvärtom sträckte sina händer mot mig. Hon var naken och utan att hon sa någonting flyttade jag mig åt sidan så att hon kunde lägga sig ned. Jag kände hennes händer under min pyjamas, hennes snabba andhämtning mot min hals. Hon tryckte sin mun mot min. Jag fick panik, och började kämpa emot, vred bort huvudet för att komma undan, men samtidigt som jag brottades vilt med henne, kände jag en styrka och ett lugn växa. Det sipprade in i mig, trängde sig fram som det vändande tidvattnet. Jag ville ha henne, ville ha hennes unga kropp som hade lyckats frambringa det där kuvande skrattet. Jag ville äga henne, äta henne, göra henne till min.

När hon märkte att min strävan ändrade riktning, stannade hon upp, tvekande, överrumplad av kraften i min förvandling. Jag blev rädd igen, rädd att hon på nytt skulle dra sig undan när hon hade fått över mig på sin sida. Jag satte mig grensle på henne för att begränsa hennes möjligheter att röra sig. I mörkret kunde jag inte urskilja hennes ansikte, bara ana det framför mig. Jag kunde inte se hennes minspel eller ögon, jag fick bara förlita mig på rörelserna, hur hennes muskler spändes och slappnade av. Jag lade mina händer över hennes bröst. Hon ormade sig under mig och gav ifrån sig några mumlande läten. Jag fortsatte stryka över hennes nakna hud med skälvande händer.

De var så lika. Jag hade aldrig tänkt på det medan han levde. När de stod bredvid varandra hade det varit svårt att inse att de ens var släkt, men nu kände jag likheten i fingertopparna. Att röra vid henne var som att känna Krymplingens hud, och jag fick tårar i ögonen vid upptäckten. Jag tyckte till och med att jag kunde känna lukten av honom, eller något som i alla fall påminde om den.

Hon hade samma lätta, men beslutsamma beröring som han. Hon tvekade inte när händerna letade sig fram över min kropp, men det fanns ingen vilja att erövra eller segra. Och jag insåg att inte heller jag kände någon osäkerhet vid kontakten med henne. Det var ingen svårighet att följa hennes rytm, hennes rörelser, allt var delar av ett mönster som redan verkade finnas i mitt medvetande.

Nästa morgon när jag vaknade hade jag en kväljande, härsken smak i munnen och kände ett intensivt obehag. Jag gick ut i köket. Matilda satt vid bordet och åt en smörgås. Vi sa ingenting, tittade inte ens på varandra. Jag ville inte se henne i dagsljus. Jag visste att hon var en helt annan varelse då, en som jag inte förstod mig på eller kunde få kontakt med. Jag vände ryggen mot henne, men kände ändå hennes uppfordrande närvaro som om hon hela tiden satt precis framför mina ögon. När hon gick ut ur köket rörde hon med handen vid mitt ryggslut. Då hade jag velat kyssa henne, men jag lät henne bara passera trots att huvudet dunkade av upphetsning.

Nästa natt upprepades samma sak. Jag vaknade av att hon stod vid min säng och jag makade mig snabbt åt sidan så att hon kunde krypa ned bredvid mig. Om jag på dagarna gjorde allt för att ignorera henne förvandlades jag på nätterna till ett rovdjur som levde av henne. När mörkret dolde mina rörelser, mina avsikter kunde jag öppna mig.

De första nätterna handlade min iver mest om att jag skulle få känna Krymplingens beröring igen, att jag skulle få återuppleva närheten till honom genom henne. Jag såg honom till och med framför mig när jag rörde vid henne. Men efter en tid var det inte bara det. Hon började långsamt att förvandlas, den skugga som hon från början hade varit, det väsen som gett mig Krymplingen tillbaka började ta en konkret form. Det blev alltmer tydligt att det inte var honom jag tillbringade nätterna med, det var henne. Och inte ens tillsammans med Krymplingen hade jag känt en så förkrossande lust efter en annan människa, den slog sönder allting som kom i dess väg.

Hon slutade att försiktigt vänta vid min säng och ordlöst be om tillåtelse att få lägga sig. I stället vaknade jag av hennes ivriga händer på min kropp, av hennes tunga slickande min hud. För varje natt blev det större och större. Den hunger som hon hade väckt kunde inte stillas på ett lugnt och varsamt sätt längre. Jag bet henne, höll så hårt i henne att hon fick blåmärken, men just då, när det hände, reagerade hon inte för smärtan.

Under dygnets ljusa del gick vi förbi varandra, sa bara det allra nödvändigaste, tittade bara på varandra när det inte fanns någon annan möjlighet. Jag kände olust av att se henne på dagen. När ljuset avslöjade varje detalj gick det inte att förneka vem hon var, Krymplingens dotter, en person som jag fram till helt nyligen hade betraktat som min fiende. I ljuset behöll hon den oförsonliga skepnaden. Det gjorde mig förvirrad att jag i nattens mörker, när jag inte riktigt kunde se henne, bara ana hennes konturer, bortsåg från dagens erfarenheter och kastade mig över henne hämningslöst och utan tvivel. Jag skämdes över att åtrå henne, över att jag ville ha henne för likheterna med Krymplingen, men kanske mest för att den lust jag kände för henne var större än den jag hade känt för honom.

Jag ville återuppliva honom. Det var så jag rättfärdigade det för mig själv, därför var hon intressant. Om hon inte hade påmint så mycket om honom hade det aldrig hänt, intalade jag mig, väl medveten om att det inte stämde. Mitt i skammen kunde jag bortse från alla invändningar eftersom jag visste att det skulle ta slut. Det måste ta slut. Det hela hade karaktären av något övergående, intensiteten, den växande lusten som alltmer blandades med hänsynslöshet. Det kunde inte fortsätta så.

En dag hade Matilda på nytt tagit hem en man. Han var inte den fräcka, måttlösa typen som hon brukade dras till utan en tyst och späd, ung man, som måste ha varit ett lätt byte för henne. Hon kysste honom länge och njutningsfullt så fort hon fick tillfälle. Mellan kyssarna tittade hon utmanande på mig. Tänkte jag försvara min rätt till henne? Vad var hon egentligen värd i mina ögon?

Han var röd i ansiktet av återhållen upphetsning, övermannad av Matildas rättframhet och generad inför mig. Han tittade flera gånger frågande på mig, förvirrad, förstod inte riktigt vem jag var. Hans tvekande blick avslöjade att han inte trodde att jag var hennes mamma som hon hade påstått.

När vi hade ätit drog hon in honom i gästrummet, men lät dörren stå öppen. Hans förvånade och ansträngda röst avslöjade att han redan var förlorad. Jag hörde honom upprepade gånger be henne att stänga dörren, men Matilda bara skrattade. Än så länge var det ett glatt och oskyldigt skratt, men jag visste hur lätt det kunde förvandlas. Ända sedan jag hörde det första gången hade jag varit rädd att hon skulle vända det mot mig, och därmed dra en gräns mellan oss som vi aldrig skulle kunna överbrygga.

Jag ställde mig i dörröppningen. De låg på golvet, han ovanpå henne och hans magra, bleka bakdel guppade mellan hennes ben. Jag tittade rakt in i hennes vilda, febriga ögon och det gick som en stöt genom mig. Den unge mannen verkade också påverkas av det för han slutade röra sig. Hon knuffade på honom för att han skulle fortsätta, men han kunde inte. Han visste att jag stod och tittade på dem, han behövde inte ens se åt mitt håll för att kontrollera. Han började fumla efter sina kläder och försökte så snabbt som möjligt få på sig dem innan han högröd i ansiktet trängde sig ut ur rummet och fortsatte mot ytterdörren. Matilda reste också på sig som om ingenting hade hänt. Vi tittade inte på varandra, men hennes hand smekte fjäderlätt min axel när hon passerade mig på väg till badrummet. Jag kände en intensiv längtan efter henne, och samtidigt en plötslig, skarp smärta, sorgen över att förlora en älskad.

På natten kom hon inte till min säng, kanske tyckte hon att det var upp till mig att visa att jag ville ha henne, och jag saknade henne, så till slut reste jag mig och gick in i gästrummet. Det var tomt. Ingen hade legat i sängen. Hon måste ha gått ut efter att jag hade somnat. Jag kände mig övergiven, sviken, trots att jag ville att det skulle ta slut, trots att jag ville att hon skulle avsluta det eftersom jag inte kunde.

Det dröjde flera dagar innan hon kom tillbaka. Jag frågade inte var hon hade varit eller vad hon hade gjort, fast det var det enda jag ville veta. Hon berättade ingenting, gick bara omkring och log hemlighetsfullt, som om hon planerade en överraskning åt mig, något som överträffade det hon senast hade gjort. Jag bävade för vad det kunde vara.

Det visade sig vara en ny man. Jag blev besviken, och kände mig utestängd så fort han hade kommit in i huset. Men den här gången var det tydligt att han var där för min skull, inte hennes. Han visade på alla sätt att det var mig han uppvaktade, men det var uppenbart att hon hade fått honom till det. Han försökte lägga armarna om mig, men jag gled undan. Var det detta hon ville, se mig ha sex med en man? Jag kände mig äcklad. Han stod där med sitt bakåtslickade hår och flinade. Han påminde förskräckande mycket om Manne och de andra grabbarna, personer som fullständigt har överskattat sin attraktionsförmåga. Vad gjorde han här? Jag tänkte inte dela henne med någon.

När han åter försökte hålla om mig, otåligt och bryskt den här gången eftersom han kunde känna mitt motstånd och ville bryta ned det, sa jag att han var tvungen att gå, att jag inte ville se honom i mitt hus. Han gjorde en grimas mot mig och tittade sedan anklagande på Matilda.

Jag visste inte om hon hade lovat honom betalning för han verkade vilja ha något. Då tog hon mig åt sidan, vädjade till mig, att göra det, bara denna enda gång, sedan skulle allt bli som förut. Vi älskade väl varandra? Hon såg bedjande på mig.

Aldrig hade vi pratat om kärlek, aldrig hade vi nämnt det, ens i våra mest intima stunder. Och även om det hade varit något som kanske påminde om kärlek så var det passerat nu. Genom att uttala det hade hon krossat det. Vi hade tagit varsitt steg ifrån varandra, och det fanns ingen väg tillbaka.

Hon insåg att slaget var förlorat och såg ursinnigt på mig. Jag var för första gången rädd att hon skulle slå till mig, och jag hade nästan höjt händerna till försvar, men hon vände bara på klacken och gick tillsammans med mannen som hon hade släpat med sig. Han svor ljudligt åt mig innan han smällde igen dörren.

Några dagar senare upptäckte jag att hon hade hämtat sina saker medan jag var på jobbet. Gästrummet var städat och sängen bäddad. Hon hade försvunnit utan att ens lämna en lapp.

Kapitel 21

Vissa dagar är det enda möjliga att titta mot norr och tänka på vintern, det brukar göra mig lugn och trygg. Det beror inte på vädret, jag har aldrig tyckt om vare sig snö eller kyla, det har i stället med spår att göra. Alla lämnar tydliga avtryck när det finns snö, det går inte att hålla vägen hemlig. Det är också mycket svårare att gömma sig i det vita. Vad man än gör så syns det. Jag tror att jag kommer att bli varnad av ofrivilligt lämnade ledtrådar. Om inte annat så avslöjar ljusen dem. När det är mörkt större delen av dygnet måste de förr eller senare tända. Då vet jag var de gömmer sig.

En dag, när jag hade satt mig vid norrfönstret för att få lite svalka i den värmebölja som för tillfället rådde, upptäckte jag ett stort hål i marken utanför trädgårdsgrinden mot skogspartiet. Eftersom jag numer bara låter verkligheten komma till mig utan att protestera eller värdera blev jag inte förvånad. Det såg ut som nedslagsplatsen för en jättelik sten som sedan studsat vidare och försvunnit, men jag kunde inte avgöra om kratern var djup eller grund. Det gick inte att se botten, inte ens när jag reste mig ur stolen.

Det första jag kände var fascination över att något så stort hade kunnat skapas i min närhet utan att jag hade märkt det. Det hade bara brett ut sig där. Jag såg det nästan som ett eget levande väsen, som gled runt längs marken. För tillfället vilade det utanför min grind. Men efter en tid blev jag alltmer orolig. Jag blev mer och mer övertygad om att kratern inte var en varelse i sig, utan att den i stället dolde någonting i sitt innersta som när som helst kunde komma uppklättrande. Jag föreställde mig att det var olika former av djur, små som kom i tusental och spridde sig över marken som en mörk, kryllande massa, eller ett ensamt, stort djur som måste ha levt under jorden under lång tid men längtade upp i ljuset.

Det första jag gjorde på morgnarna var att försäkra mig om att ingenting hade hänt under natten, men det var svårt. Jag var för långt borta för att kunna se några spår i marken runt omkring, och dessutom hade det varit torrt och hett ända sedan hålet kom till så ingenting som inte var enormt tungt kunde lämna synliga avtryck. Jag ville gå ut och ställa mig vid kanten och titta ned, se om gropen var djup eller grund, se om det fanns ett bo där nere, någon varelses ägg som låg och värmdes av solen och den torra jorden, kanske rentav ungar. Men jag kunde inte gå ut. Jag blev alltmer rastlös och ångrade att jag hade bestämt mig för att inte röra mig mer i andras närvaro.

Jag återvände till fönstret många gånger varje dag, otåligt. Ibland satt jag länge och bara stirrade på hålet som om jag på det sättet skulle kunna tvinga upp någonting ur det. Men ingenting hände. Jag blev irriterad, och var på väg att öppna fönstret för att se bättre, men hejdade mig när jag såg en av grannarna stå vid staketet och betrakta kratern. Jag fick inte röja mig själv.

Jag intalade mig ett tag att hålet i själva verket var ödet. Det hade kommit till för att tvinga mig att agera, att radera ut det tillstånd av limbo som jag hade skapat, och då kände jag mig hoppfull. Men sedan föll jag tillbaka i passivitet, oförmögen att komma på vad jag skulle göra för att förändra min situation, kände mig inmålad i ett hörn. Det enda som återstod var att observera och vänta.

Efter en tid tycktes kratern på något sätt ha blivit större, men jag var inte säker, det fanns inga bra referenspunkter. Det verkade omöjligt att den skulle ha utvidgat sig utan att jag hade märkt det eftersom jag kontrollerade dess tillstånd hela tiden. Men om den bara växte mycket lite varje dag skulle jag inte notera det, inte förrän en större förändring hade skett och det skulle ta ett tag. Nästan omärkligt hade den närmat sig staketet. Med den här takten skulle den snart vara på andra sidan, och då skulle det vara för sent att stoppa den.

Det såg också ut som om håligheten hade ändrat form, från att ha varit ganska rund till mer elliptisk, men återigen, det var bara mycket små förändringar, som till viss del dessutom kunde vara skuggornas spel.

Gropen påminde mer och mer om en mun, ett gigantiskt gap, som successivt öppnade sig för att kunna sluka det som kom i dess väg. Att leva vid sidan av den blev alltmer oroande. Den verkade ligga där och skratta åt mig, skratta åt min orörlighet, åt min otåliga väntan på att få veta hemligheten som den höll precis utom räckhåll för mig. Ibland tyckte jag mig höra vibrationerna från ett bullrande skratt som hade sitt ursprung djupt nere i marken.

Trots de oförklarliga förändringarna var kratern i dagsljus ändå inte så hotfull som i skymningen när det var svårare att urskilja dess gränser. Först ville jag helst inte tänka på den nattetid, men oron som den hade skapat tvingade mig ändå till norrfönstret när mörkret började falla och det blev allt svårare att avgöra hur stor den var, vilken form den hade och framför allt var den var.

Jag bestämde mig för att ta reda på vad som hände där ute på natten, men i halvdager eller mörker var det svårt att säga vad jag faktiskt såg, och vad som bara var inbillning. Gropen verkade förflytta sig på nätterna, men när gryningsljuset kom låg den kvar på samma plats som tidigare. En annan natt tyckte jag att hålet växte och krympte med en särskild rytm, pulserande, som om det andades, men på dagen var dess gränser helt stilla.

Nattvakandet gjorde mig också oerhört trött så att jag på dagen hade svårt att behålla koncentrationen och därmed upprätthålla min roll som orörlig utan att skapa tvivel hos min omgivning.

Jag övergick till att bevaka kratern på dagtid. Det lugnade mig alltid att kunna konstatera att den verkade oförändrad från dagen innan, att ingenting omvälvande hade hänt med den under natten. Men när mitt sinne var stillat växte irritationen, delvis var den riktad mot gropens hemlighetsfullhet, men delvis också mot mig själv för att jag inte kunde hålla mig borta trots den uppenbara händelselösheten.

En dag när jag precis hade satt mig på min bevakningsplats vid norrfönstret skymtade jag något bland träden i skogspartiet bakom håligheten. Det piskade till bland grenarna innan allt blev stilla igen. Jag kunde inte avgöra vad det var eller åt vilket håll det rörde sig, men min första tanke var att det måste vara ett djur.

Efter det kunde jag inte ta ögonen från skogsbrynet. Det var kanske där det var på väg att hända något. Kratern var bara en distraktion, något som skulle fånga allas uppmärksamhet för att dölja det som egentligen utspelade sig där bakom, i skogen. Jag väntade på en ny rörelse, någonting, vad som helst, men grenarna var alldeles lugna, de följde bara vindens stilla spel.

Jag fortsatte att sitta vid norrfönstret, men jag hade helt förlorat intresset för fördjupningen i marken. Jag funderade i stället över vad det skulle kunna vara som gömde sig där inne bland träden. Det mest troliga var väl att det var ett djur, ett helt vanligt djur, som en hare eller ett rådjur, men det kunde ju också vara ett djur som ingen tidigare hade sett, något som hade tagit sig upp ur gropen och gömde sig inne i skogen.

Efter ytterligare några händelselösa dagar började jag tvivla på att jag hade sett någonting alls. Det var kanske bara ljuset som hade spelat mig ett spratt. Och om det var ett djur så var det säkert bara en hare eller ett rådjur. Missmodet infann sig snabbt och jag var faktiskt på väg att resa mig när jag åter såg en gren smälla till och någonting ljust skymta mellan stammarna. Den här gången var jag nästan säker på att det inte var ett djur, utan något människoliknande, men det verkade ändå inte vara en människa, det rörde sig inte upprätt utan befann sig närmare marken.

Eftersom jag hade fönstret öppet på grund av värmen hörde jag också att det inte heller lät som en människa. Det lät inte alls, vad jag kunde avgöra. Människor kan inte förflytta sig någonstans utan att föra väldigt mycket oväsen. Men den här varelsen tog sig fram snabbt och ljudlöst i en skog där det är mer eller mindre omöjligt att röra sig utan att höras, utan att knäcka en torr kvist på marken eller fösa undan trädens grenar. Jag sjönk ned i stolen igen och tyckte för ett ögonblick att jag mellan grenarna kunde se den där varelsen, sittande med ryggen mot mig bakom en sten.

Nästa dag såg jag någonting precis vid kanten av kratern. Det var även den här gången svårt att avgöra vad det var, om det var levande eller om det var vinden som bara blåste någonting över kanten, men jag tyckte att jag skymtade ett ben som försvann ned i gropen.

Jag visste inte vad jag skulle koncentrera mig på, hålet eller skogsbrynet. Eftersom allting hela tiden hände så snabbt kunde jag inte bevaka båda ställena samtidigt. Jag blev så yr av att pila med blicken mellan dem att jag var tvungen att blunda en stund.

Jag måste ha slumrat till för nästa gång jag öppnade ögonen var det skymning. Jag tänkte att det var märkligt att hemtjänsten inte hade kommit ännu och hjälpt mig till sängen.

När jag tittade mot kratern såg jag vaga rörelser i dunklet. Någonting mörkt och oformligt rörde sig längs marken mot skogen. Kunde det vara ett djur som förflyttade sina ungar i skydd av mörkret?

Det gick inte att uppfatta vad eller hur många de var eftersom det var så skumt ute, men trots att jag inte kunde avgöra vad jag såg skrämdes jag inte av det. Det som hade oroat mig mest var ovissheten. Nu kanske jag äntligen skulle få klarhet.

Jag somnade i fåtöljen, och vaknade där. Hemtjänsten hade fortfarande inte kommit trots att det var förmiddag. Det hade aldrig hänt förut. Hade jag till slut upphört att existera i andras ögon?

Utanför fönstret var allting förändrat. I skogen hade träd fallit till marken, till synes utan orsak, för det hade inte blåst under natten. Man kunde se rakt in bland de övriga träden vilket måste göra det mycket svårare för varelserna att gömma sig där inne. Och det märkligaste av allt, kratern hade krympt. Den var bara hälften så stor som dagen innan. Medan jag sov hade den förvandling som jag så länge väntat på inträffat, under en enda natt.

Jag spanade in bland trädstammarna. Det var lättare att få överblick nu, men jag skymtade inga okända kroppar eller rörelser där inne. Var det varelserna som hade fällt träden? De behövde dem kanske till bon eller föda.

Framåt eftermiddagen somnade jag igen i fåtöljen, och när jag vaknade var det åter kväll. Det slog mig att jag varken hade ätit eller druckit på åtminstone två dygn, men jag kände varken hunger eller törst. När jag försökte resa mig ur stolen insåg jag att det inte längre gick. Jag hade till slut verkligen förlorat rörelseförmågan. Det enda kroppsliga som fortfarande verkade intakt var sömnen.

Hemtjänsten hade inte kommit, men det förvånade mig inte längre. När jag tänkte tillbaka kunde jag inte riktigt komma ihåg när någon senast besökte mig. Jag hade nog klarat mig själv i närmare en vecka, kanske mer.

När skymningen lade sig över skogsbrynet började det åter röra sig därinne. Jag önskade att jag hade kunnat öppna fönstret, för det var lättare att uppfatta rörelserna när jag samtidigt hörde ljuden från dem. Med fönstret stängt var jag ännu mer avskärmad från det som hände.

Jag längtade ut, plötsligt och våldsamt, ut till den värld som omgav mig och som jag så länge hade försökt undvika. Det var en jublande, befriande känsla, och även om jag visste att den aldrig skulle nå sitt mål kände jag ingen besvikelse eller sorg över det. Den var så stark att den inte behövde en slutpunkt där den kunde uppfyllas, snarare skulle det förminska den och få den att skrumpna ihop till något förgängligt.

Jag tyckte först att de diffusa figurerna höll sig i skogskanten, men sedan såg jag att de kom närmare, de blev större och större. Jag kunde inte röra mig så jag skulle inte kunna försvara mig om de visade sig vara farliga. Det borde ha skrämt mig, men jag kände bara en växande längtan, som inte var längtan heller utan öppenhet och insikt på samma gång. Jag önskade ingenting annat än att de skulle komma till mig. Äntligen skulle jag få visshet.

Mitt eget tillstånd av orörlighet, till slut förenat med viktlöshet, för jag kunde inte längre känna tyngden av min kropp, var nu så häpnadsväckande påtagligt att det mest troliga trots allt var att jag var död, och om jag var död skulle ingenting mer kunna hända mig.